[美] 桑顿·W. 伯吉斯 / 著
黄慧婷 / 译

· 西风妈妈和小动物们的故

飞鼠先生差点有了翅膀

人民东方出版传媒
東方出版社

图书在版编目（CIP）数据

飞鼠先生差点有了翅膀 /（美）伯吉斯著；黄慧婷译. — 北京：东方出版社，2015

（西风妈妈和小动物们的故事）

ISBN 978-7-5060-8302-7

Ⅰ. ①飞… Ⅱ. ①伯… ②黄… Ⅲ. ①儿童文学–长篇小说–美国–现代 Ⅳ. ①I712.84

中国版本图书馆CIP数据核字(2015)第156094号

飞鼠先生差点有了翅膀

（FEISHU XIANSHENG CHADIAN YOULE CHIBANG）

［美］桑顿 · W. 伯吉斯 著　黄慧婷 译

策划编辑：李　斌
责任编辑：王　欣
出　　版：東方出版社
发　　行：人民东方出版传媒有限公司
地　　址：北京市东城区朝阳门内大街192号
邮政编码：100010
印　　刷：日照教科印刷有限公司
版　　次：2015年9月第1版
印　　次：2019年5月第2次印刷
开　　本：880毫米 × 1230毫米 1/32
印　　张：4.5
字　　数：72千字
书　　号：ISBN 978-7-5060-8302-7
定　　价：19.80元

致小读者

亲爱的小朋友们：

当你们翻开这套精美的童话书——《西风妈妈和小动物们的故事》，就会被一个个有趣的故事、可爱的小动物深深吸引，喜欢上格林森林里或格林牧场上的这些小精灵们，并和他们交上朋友。

你们会认识兔子彼得，他可是个活泼可爱、热心善良、无忧无虑的乐天派，每天都和居住在格林森林里或格林牧场上的小伙伴们快乐地生活着；他又是个爱观察、爱思考、好奇心很强的小家伙，一发现有趣的事情就跑到微笑池塘或哈哈溪，找青蛙老爷爷讲很久很久以前的故事，有时还会缠着其他小伙伴调皮又任性地玩耍……总之，和兔子彼得做朋友，与青蛙老爷爷、水貂比利、小水獭乔、麝鼠杰里、土拨鼠约翰尼、浣熊博比、松鸦塞米等小动物为伴，你们的生活也会变得多姿多彩，每天都有神奇的故事发生……

瞧，西风妈妈的孩子们——那些快乐的小微风又忙碌又开心，青蛙老爷爷的大嘴巴总是张得那么大，兔子彼得一不留神就被捉弄了，好一个爱吃甲壳虫的臭鼬吉米。咦？松鸡太太的蛋哪儿去了？猫头鹰老先生的眼睛怎么就固定不动了？鼬鼠沙道是不是比狐狸雷迪还让人讨厌？原来凶猛的山猫塔夫蒂也和兔子彼得一样有个那么短的尾巴……

德国著名作家席勒说过：“更深刻的意义蕴藏于我童年时听来的童话故事，而不是生活教我的真理。”美国“睡前动物童话大师”伯吉斯在热爱小动物、保护大自然的宗旨下，创作了一系列“西风妈妈和小动物们”的故事，每个故事都以一个小动物为主人公，通过描写他与其他小动物在日常生活中发生的一些有趣的、惊险的、神秘的事，告诉小朋友们正义总能战胜邪恶，美好定会战胜丑恶。

这套《西风妈妈和小动物们的故事》丛书在我国可是首次翻译出版，献给成长中的小朋友们，希望你们喜欢，并在愉快阅读时，能够展开丰富的想象力，慢慢领悟趣味故事中的道理和意义，学会思考和解决问题。同时，也希望你们和小动物们做朋友，向小动物们学习他们勇敢、善良和智慧的品质。让大家从童年起，就能够爱护自然，保护环境，为这些可爱、纯真却又时刻面临各种威胁的小动物们营造一个美好的家园而努力！

热爱你们的大朋友

2015年7月

目录

第一章　老鹰王的白色头颅是怎么赢来的

兔子彼得坐在蔷薇丛边，歪着头看向天空，直看到脖子酸疼才停下来。高空中有一个黑色的斑点在雪白云朵的表面划过。那么高的地方，似乎是不会有什么生物的。但实际上就是有。彼得知道这个事实，他也知道那是谁。没错，就是鹰王。不久，那斑点消失在远山那里了。彼得揉揉自己发疼的后颈，都是因为长时间歪着头造成的啊。然后他轻轻地叹了口气。

“我想知道那样飞是什么感觉。”他大声喊道，有时他就会这样。

“你嫉妒吗？”一个如此近的声音响起，彼得吓得跳了起来。原来松鸦塞米正坐在一棵小树上，就在他头顶。

“没有！”彼得厉声说道，因为受到了惊吓，弄得

他有点生气。

“没有，我不嫉妒，松鸦塞米。我不嫉妒任何鸟儿。陆地对我来说已经相当好了。我只是好奇，仅此而已。”

“你曾经近距离见过鹰王吗？”塞米问道。

“就一次，”彼得回答，“有一次他来格林牧场，坐在那棵孤零零的树上，我当时正蹲在草丛里，离他那么近，可以很清晰地看到他。他体形巨大，看起来很凶猛，不过名副其实，完全是个王的样子。此后，我经常好奇，他怎么会有一个白色的头颅呢？”

“因为，”塞米回答道，“他就像他看上去的那样，是百鸟之王。他的白色头颅是他尊贵的标志，是大自然母亲赋予他祖先的，说起这个故事，那要追溯到万物的起源。”

彼得的眼睛亮了。“告诉我，塞米，”他恳求道，“告诉我，我再也不会和你吵架了。”

“好吧，彼得。我会告诉你这个故事，因为你知道了也有好处。我猜每个人都知道。至少所有的鸟儿都知道。那也是为什么我们都崇拜鹰王的原因。”塞米回答道。

“故事要追溯到万物的起源，就像你知道的那样，当时老棕熊统治着格林森林。也就是说，他统治着生活在陆地上的所有动物和小精灵，除了鸟类。当然，鸟类不愿意被一个陆地动物统治，他们想要一个自己的同类来统治。他们拒绝让老棕熊做他们的王，就去大自然母亲那里恳求她任命一个空中的王者。那时，鹰先生是天空中所有鸟类中体形最大、最强壮和最受尊敬的一个。还有一些像鹅先生、天鹅先生这样体形也很大的鸟类，但他们大部分时间都待在水里或陆地上，他们没有鹰先生那样让人肃然起敬的巨大爪子或钩状的喙。于是，大自然母亲就任命鹰先生为鹰王，这个称号是那么名副其实，所有的鸟儿都赶忙去向他致敬。

“后来，鹰王统治着天空，没人敢反抗他或违背他。和老棕熊不同，他不接受自己子民的进贡，而是自己觅食；他也没像老棕熊那样变得又胖又懒。他的羽翼反而变得更强壮，天不怕地不怕。那是很久很久以前，大自然母亲忙着把世界塑造成一个宜居的好地方，所以她没时间来照顾这些飞禽走兽。因此，她给鹰王和老棕熊留下了许多要处理的事务。他们也解决了自己子民之间的所有争吵，以致一个时期内所有的事情都进展良好。

“鹰王把自己的家建在山中的悬崖峭壁上，这样他就能向下俯瞰，知道发生的所有事情。他每天都去格林森林，坐在那最高的树上聆听其他鸟儿的投诉，平息纠纷，而且没人质疑他的决定。不久，这片飞禽走兽最先居住的小块土地变得很拥挤，想找到足够的食物变得越来越难。争吵更加频繁，鹰王除了解决麻烦、维持和平外，都没有时间忙别的事情。

“大自然母亲已经离开很长时间了，她在努力让世界的其他地方变得适合生存。没人知道她什么时候回来，也不知道她在哪里。鹰王坐在山上的悬崖边，认真思考着：大自然母亲应该知道现在的情况。他要派个信使去找她。第二天他就召集所有的鸟儿，问问谁能去未知的大千世界寻找大自然母亲，给她捎个信。

“没人愿意。这个有家要照顾，那个感觉不舒服，另一个翅膀疼。每个人都有借口，除了体形最小的蜂鸟。他冲到鹰王面前说：‘我去。’

“其他人都笑了。这么一个小家伙竟敢去充满危险和未知的大千世界，这个想法听起来很荒谬，所以他们忍不住都笑了，但鹰王没有笑。他谢过蜂鸟并告诉他，尽管他体形小，心胸却宽大，但鹰王不打算派他去大千世界，因为鹰王要自己去。他已经考验过他的子民了，并找出了一个值得尊敬的人，那就是他们中体形最小的蜂鸟。鹰王的话让所有其他的鸟儿都羞愧地低下头，都想偷偷溜走消失在大家的视野中。

“说完，他告诉他们一个值得称王的人是不会强迫自己的子民做王都不想做的事情，王应该亲自前往那些充满危险和艰辛的地方，所以他要亲自去未知的大千世界寻找大自然母亲，看看能为大家做些什么，以使局势朝着较好较满意的方向发展。然后，他就以王者的姿态展翅飞走了。大家看着他，直到他在天空中成了一个黑点，最后完全消失。

“日复一日，他们等待着他的归来，但始终没有他的消息；他们开始摇头，公开讨论要选一个新的王。只有小蜂鸟先生满怀信心，天天都朝鹰王消失的方向飞去，希望能看到他回来。最后选举新王的日子到了。那天早晨，天刚刚亮，小蜂鸟先生就飞了出来，心情很沉重。他不会参加选举新王的活动。他要离开这里，直到自己找到鹰王或自己遭遇不测为止。不久他看到靠近云端有个比自己还小的黑点。然后黑点越变越大，最后他知道那就是鹰王。小蜂鸟先生以他前所未有的速度转过身飞行。他想在选出新王之前赶回去，这样鹰王就永远不会知道他的子民对他失去了信心。

“当他上气不接下气地到达其他鸟儿那里的时候，好一会儿都说不出一句话。然后他告诉他们鹰王回来了。当初其他鸟儿拒绝去外面寻找大自然母亲的时候，就已经证明他们都是懦夫，现在事情再一次重演。他们没有等着给鹰王一个盛大的欢迎仪式，而是一个接一个地急忙离开。他们害怕见到鹰王，因为他们心里知道决定选举新王是做了件懦弱的事情。所以，当鹰王拖着磨破的翅膀和受伤的尾羽疲惫不堪地回来，落在格林森林那棵高高的树上时，除了小蜂鸟先生没人来欢迎他。

“鹰王对其他鸟儿的避而不见什么也没说，只是赶紧让小蜂鸟先生去告诉其他所有的鸟儿，说他在遥远的地方找到了大自然母亲，她在为他们准备一块新地域，当她发话的时候，他会带领大家都过去。然后鹰王飞回了自己位于山中悬崖峭壁上的家，关于自己的艰辛旅程，他一句话也没说，他没说自己是怎样挨饿，遭遇了怎样的风暴、严寒和疲惫，却一次也没有退缩。

“后来，当大自然母亲来的时候，宣布她已经为所有鸟儿准备好了新的地域，她先把他们召集起来，告诉他们鹰王遭遇的一切艰辛，他证明了自己是个尊贵的王。作为奖励，她承诺他的家族将永远统治所有的鸟类，他应该有个王的标志，她走上前，摸了摸他的黑色头颅，他的头颅就变成了雪白色。所有的鸟儿都高声欢呼‘鹰王万岁！’

“大自然母亲又转向小蜂鸟先生，摸了摸他的喉咙，就看到一颗闪闪发光的红宝石出现在那里，那是忠诚、信任和勇敢的奖励。

“然后，鹰王飞向空中，骄傲地带领大家飞向希望之乡。所有的鸟儿都跟着出发，居住在大千世界里，鹰王和他的子孙后代从那以后就统治着天空，戴着那洁白无瑕的皇冠，那是很久之前鹰王用勇敢赢来的。”

第二章　水貂老先生是怎么自己学会游泳的

所有住在格林森林和格林牧场以及微笑池塘周边的小动物里，水貂比利的造诣最高。至少，在他的朋友和邻居看来是那样的。他可以跑得很快，爬得很敏捷；他的眼睛、耳朵和鼻子都极为灵敏，他也可以像鱼一样游泳。是的，各位，水貂比利在水里就像在外面一样自在。所以不管他在哪儿，在格林森林里、格林牧场上、沿着哈哈溪或者在微笑池塘里，他都觉得非常自在，能把自己照顾得很好。

有一次，水貂比利吹嘘自己可以做任何其他体表披毛的动物能做的事情，但吹牛者一般没有好下场，那次青蛙老爷爷就给了比利一个教训。他邀请大家在微笑池塘集合，来见证水貂比利做任何其他体表披毛的动物能做的事情。当比利跑完、跳完、爬完也游完泳的时候，青蛙老爷爷叫来了蝙蝠弗雷特。他是体表披毛能飞的家伙，水貂比利当然不能飞。无论如何，这暂时制止了比利的吹牛。

兔子彼得，除了跑和跳，别的事情就不大会了，当他想到水貂比利能做好多事情并且能做得很好的时候，内心有时会有点小嫉妒。无论如何，当看到一个人能做很多事情，而其他人就只能做一两件的时候，彼得总觉得不是很合理。有一天，当彼得和青蛙老爷爷看到水貂比利捉到一条肥鲑鱼时，彼得对青蛙老爷爷说了自己的想法。

“咳咳！”青蛙老爷爷严厉地盯着彼得说，“咳咳！人如果不尝试，就永远不知道自己能做什么。很久之前，水貂比利的祖先游泳还不如你，但他没有傻傻地浪费时间奢望自己会游泳。”

“他做了什么？”彼得急切地问。

“学着如何做，”青蛙老爷爷粗声回答，“自己学着怎么做。然后就教他的子孙，再代代相传，很长时间

以后，游泳对于水貂家族来说成为一件很自然的事情。”

“水貂老先生花了很长时间来学习游泳吗？”彼得急切地问。

“相当长的一段时间啊，”青蛙老爷爷回答，“相当长的一段时间，或许你会喜欢听这个故事。”

“噢，如果您愿意的话，青蛙老爷爷，”彼得叫道，“如果您愿意的话，我非常想听这个故事。或许这样我就可以学习游泳了。”

青蛙老爷爷捉了一只恰巧经过的笨绿头苍蝇，彼得好像听到一阵笑声。他疑惑地看着青蛙老爷爷。彼得不确定那个笑声是因为笨绿头苍蝇还是青蛙老爷爷在嘲笑他？

“那发生在很久很久以前，那时发生了很多很多事情，”青蛙老爷爷开始说道，“现在水貂比利能做的事，水貂老先生，也就是水貂比利的祖先，并不都能做。例如，他就不能游泳。但他能做很多事情，他也很聪明。当然，水貂家族里的人都很聪明。他的穿着和现在的水貂比利一样，只是没有水貂比利现在的防水外套。和现在的水貂比利一样，他也是个伟大的旅行者。每个体形比他小或某些比他大的动物都有点害怕水貂老先生，因为他和狐狸先生一样相当狡猾奸诈，关于那些被偷的蛋、被破坏的巢穴，还有那些发生在格林森林里和哈哈溪沿岸的奇怪事情，人们都怀疑水貂老先生知道的比他自己承认的还要多。但他从来没被捉到做坏事，而且看上去总是专注于自己的事情，所以总而言之，他和邻居们相处都很融洽。

“水貂老先生体形小而且很敏捷，他的智慧和他的脚一样灵活。他明了自己周围正在发生的所有事情，并聪明地闭紧自己的嘴巴，所以他不像我知道的一些人因为碎嘴子而惹祸上身。”

兔子彼得坐立不安。因为在他看来，青蛙老爷爷说这话的时候正紧紧盯着他。但青蛙老爷爷只是清了清嗓子，继续讲故事了。

“水貂老先生睁大眼睛竖起耳朵，棕色小脑袋里的智慧始终保持运转。他注意到那些对食物很挑剔的人以及坚持要特殊食物的人经常饿肚子或者是要长时间觅食，也很难找到自己喜欢的食物，所以他决定学着吃许多种类的东西。也就是这样，他学会了吃鱼。他的大块头表哥水獭先生，经常捉到自己都吃不了的大鱼，会剩下一些留在岸上。水貂老先生会找出来自己吃。

“但水貂老先生一点儿都不想依靠水獭先生为自己捉鱼吃。首先，他想得到更多；再有就是他想吃的时候没有。‘如果我能学会为自己捉鱼就好了，我的情况会好多了。’水貂老先生想。从那以后，他花费大量时间在微笑池塘的岸边观察水獭先生游泳，看他是怎么做的。‘如果他能游泳，我也能。’水貂老先生自言自语道，逆哈哈溪而上来到一个清静的小池塘，那里水不深。

“起先他一点儿也不喜欢水。水进入他的耳朵里、鼻子里，呛到了他。然后他就完全湿透了！可他还是咬紧牙关坚持下去。过了一段时间，他就能游一点儿了。慢慢地，他不再害怕水了。然后他发现因为他天生动作快，有时能捉到一些游在浅水里的小笨鱼。这是项伟大的运动，他后来经常能捉到鱼做晚餐了。

“不过，他并不满足。是的，他并不满足。无论做任何事情，水貂老先生都想做好。他能跑得很快，爬得也不错，在格林森林里也没有比他更好的猎手了。他相信自己能游得很好，所以他就继续坚持下去。就像他看到表哥水獭先生游泳那样，他学着往肺里吸足空气，长时间屏住呼吸，把头伸进水里尽全力快速游动。他练得越多，憋气时间就越长。不久他就发现因为自己体形苗条匀称，而且移动迅速，所以他能游过麝鼠先生，这让他感觉很不错，因为麝鼠先生几乎所有的时间都待在水里，大家都认为他是一个很棒的游泳者。只有一件事还困扰着水貂老先生：水把他湿得太透了。每次他从水里出来，他都得迅速奔跑来吹干自己，这样才不至于受寒。这很烦人，他真的希望有更简单的方法来让自己变干。

“然后艰难的时刻来了，真是悲惨的时刻，食物短缺，格林森林里和格林牧场上多数的小动物们都挨饿了。但水貂老先生没有挨饿。噢，哎呀，是的！你知道的，他已经学会了捉鱼，所以他就有了大量的食物。当大自然母亲来看看人们相处得如何时，她惊讶地发现水貂老先生已经成为一个很有名的游泳健将了。她看见他捉了一条鱼，发现他为了免于受寒要通过奔跑来吹干自己，她的眼睛眨了眨。

“‘自助者理应得到帮助。’大自然母亲说。水貂老先生不明白她的意思，但是第二天早晨他发现了。是的，第二天早晨他发现有一件崭新的外套套在自己的旧外套上，而且新外套是防水的。他能随心所欲地游泳，外套一点儿也不会被打湿，因为水根本渗透不到新外套里。从那久远的一天开始，水貂们就都有了防水外套，也成为有名的捕鱼者。喂，兔子彼得！大太阳底下，你那样憋气，到底要干什么？”

“我，我只是练习一下闭气。”兔子彼得答道，看起来傻极了。

“呵，呵，呵！哈，哈，哈！”青蛙老爷爷笑了，“兔子彼得，你不能在干燥的陆地上闭气来学习游泳的。”

第三章　蟾蜍老先生是怎么学会唱歌的

兔子彼得永远忘不了他第一次听到蟾蜍老先生说他会唱歌，而且要去唱歌的时候，自己哈哈大笑的样子。哎呀，彼得很快就想到自己不会唱歌，那是和飞行一样，他也不会做的事情。彼得自从记事起就知道蟾蜍老先生了。他非常喜欢蟾蜍老先生，即使蟾蜍老先生会时不时地捉弄他。可他总是觉得蟾蜍老先生是他最丑的那些朋友中的一个：迟钝粗笨，普通得让人没兴趣。所以在这个怡人的春季，蟾蜍老先生告诉臭鼬吉米他要去微笑池塘唱歌，因为没有他，大合唱团将会缺少一个最甜美的声音，听了这话，彼得和吉米笑得眼泪都出来了。

几天后，彼得碰巧去微笑池塘拜访青蛙老爷爷。一个由看不见的歌手组成的强大的合唱团在微笑池塘四周释放出欢乐的气息。彼得知道这些歌手。他们是雨蛙，是粘趾树蟾的小表亲。彼得在岸边安静地坐着，想找一个看看。突然他注意到一个之前从未注意过的新音符，比其他任何音符都要甜美。那确实是所有春之歌里最甜美的音符，和山雀汤米的爱的音符一样甜美，比任何东西都要甜美。

这音符好像是从彼得前面的浅水区发出的，他急切地寻找那个歌手。他的眼睛瞪得好像要从脑袋里跳出来一样，下颚傻傻地张着。那是蟾蜍老先生，他的下巴处有个彼得之前从未见过的膨胀着的奇怪囊袋。就像彼得的的确确是坐在岸边，蟾蜍老先生的的确确就是那个歌声甜美的歌手。

蟾蜍老先生没注意到彼得，甚至彼得和他说话他都没注意到。因为他沉浸在自己的歌声里，根本没听见。彼得坐在那里听了一会儿。然后，他叫来臭鼬吉米和负鼠比利叔叔，他俩也听到了那歌声，和彼得一样惊讶。接着，他看见麝鼠杰里正在微笑池塘的另一边，就急忙赶到那儿。彼得心里一直在想自己的发现，无暇顾及其他。

他极度渴望着去诉说。

“杰里！”他叫道，“噢，麝鼠杰里！你知道蟾蜍老先生会唱歌吗？”

杰里显得很惊讶，彼得竟然会问这么一个问题。“我当然知道，”他说，“我如果不知道，那才好笑呢，因为他是微笑池塘歌声最甜美的歌手，自从我记事起，他每个春天都会在这唱歌。”

彼得看起来非常懊恼。“我刚刚知道，”他承认道，“他告诉我他会唱歌的时候我都不相信。我想知道他是怎么学会唱歌的。”

“就像你没学过跳跃一样，他也没学过唱歌，”杰里回答，“他天生就会。他的爸爸、爷爷、太爷爷都会唱歌，这样可以追溯到万物的起源。我以为每个人都知道。”

“我不知道。告诉我。求求你了，杰里。”彼得哀求道。

“好吧，我会告诉你的，”杰里友好地回答道，“无论如何，这是你应该知道的事情。首先，蟾蜍老先生属于一个非常古老、非常高贵的家族，是最古老的家族之一。我听说那几乎要追溯到万物的起源，那时候陆地都很少。

总之，第一只蟾蜍，也就是蟾蜍老先生的祖先，他也是青蛙老爷爷祖先的表亲，他是第一批离开水到干燥陆地生存的物种之一。

“在新生的陆地环境中，大自然母亲遇见了正在费力跳跃的蟾蜍先生，她严厉地盯着他。‘你在这做什么？’她问道，‘你生在水里，难道对此有什么不满意的吗？’

“蟾蜍先生深深地鞠了个躬。‘不是，’他谦逊地说，‘如果您这么说的话，那我就回去。我觉得陆地上一定有什么值得发现的东西，我在大千世界上也可能有点用处。’

“他的回答让大自然母亲很高兴。当时大自然母亲正发愁，她已经在陆地上种植了各种各样的东西，它们在各处萌芽生长，但她发现有很多种小虫子喜欢嫩叶，繁殖速度很快，非常贪婪，有吃光她在陆地上种植的所有植物的威胁。她有那么多的事情要去处理，以至于她没有时间对付这些虫子。‘如果你真的想做些有用的事，’大自然母亲说，‘那你就去处理这些虫子吧。’

“蟾蜍先生立即投入工作，大自然母亲也去忙其他的事情了。因为要操心很多事情，她完全忘记了蟾蜍先生，她再次到来已经是几周之后了。在大片被虫子吞噬得光秃秃的空地中间，有个漂亮的绿点，那是蟾蜍先生。他正耐心地从一棵植物跳到另一棵植物上，只要看到虫子，他就会赶紧吞下。他没看到大自然母亲，仍然继续忙碌着。大自然母亲观察了他一会儿，看到他以自己最快的速度从一棵植物跳到另一棵植物上捉虫子，而后大自然母亲开口说话了。

“‘自从上次我见到你，你就一直待在这里吗？’她问道。

“蟾蜍先生没有防备因而吓了一跳。‘是的。’他说。

“‘我还认为你是想看看大千世界学点东西呢。’她说。

“蟾蜍先生看起来有点尴尬。‘我确实想，’他回答，‘但我想发挥点作用，我忙着捉虫子，没时间旅行。而且，在这里我也学到了很多东西。我——我行动不够快，无法拯救所有的植物，可我已经尽力了。’

“大自然母亲虽不动声色但心中喜悦，因为蟾蜍先

生是所有小动物里第一个试图帮助她的人，他已经心甘情愿地尽全力去做了。

“‘我觉得，’她有点生硬地说，‘你想让我奖励你。’

“蟾蜍先生显得有点儿惊讶还有些委屈。‘我不想要任何奖励，’他说，‘我这么做并不是为了奖励。我确实发挥了作用，并能够继续下去，这个奖励就足够了。’

“听完这话，大自然母亲脸上露出她最美丽的笑容。‘蟾蜍先生，’她说，‘如果你能得到你想要的，你想要什么？’

“蟾蜍先生犹豫了几分钟，然后害羞地说：‘一副甜美的嗓音。’

“现在轮到大自然母亲惊讶了。‘一副甜美的嗓音！’她叫道，‘噢，为什么你想要一副甜美的嗓音呢？’

“‘这样我就能以我知道的最美的方式——唱歌，来表达我的快乐了。’蟾蜍先生回答。

“‘你会有的，’大自然母亲说道，‘但不是一直都有，以防你忘记自己的工作，你知道的，工作才是幸福的真正源泉。每年春天你就回自己水中的家，那时候你就能

心满意足地唱歌了，不会有比你更甜美的声音了。’

“果然，下个春天来临的时候，蟾蜍先生满怀期望地回家了。当他到家的时候，他发现自己的喉咙里有一个音乐包，音乐包充满气的时候，他就有了世界上最美妙的声音。从那以后，蟾蜍家族都是如此。蟾蜍老先生是微笑池塘里声音最甜美的歌手之一，但到时间回去工作的时候，他也从不抱怨，他可是大自然母亲的花园里最忠诚的劳动者之一。”麝鼠杰里总结道。

彼得叹了口气。“我从来不干活，”他说，“或许这也是我为什么不能唱歌的原因。”

“非常可能。”麝鼠杰里回答道，完全忘了尽管他也是一个伟大的劳动者，但他也不会唱歌啊。

第四章　乌鸦老先生是怎么失去自己的两瓣舌的

“呱，呱，呱，呱！”乌鸦布雷奇在高高的树顶坐着，好像想试试自己刺耳的嗓音到底能弄出多大的动静来。兔子彼得从蔷薇丛里向外窥探，皱了皱眉头。

“如果我的声音那么让人讨厌的话，我一定会闭紧自己的嘴巴。是的，我会忘记自己能说话。”彼得宣称道。

有人笑了，彼得很快转过身，发现是麝鼠杰里。“你笑什么？”彼得询问道。

“笑你闭紧自己嘴巴的想法。”杰里回答。

“好吧，如果我的声音像乌鸦布雷奇那样，我会的。”彼得坚持道，尽管他看着麝鼠杰里的时候，笑起来傻傻的，因为你知道的，彼得可是个碎嘴子。

“你没变成那样，是你的运气，”杰里反驳道，“我怕你会像乌鸦老先生那样失去自己的舌头。”

那听起来像一个故事。彼得立刻就坐直，认真起来。“乌鸦老先生真的失去了他的舌头吗？是怎么失去的？为什么失去了？什么时候——”

麝鼠杰里双手捂住耳朵，假装自己要离开。彼得跳到他面前。“不，你不能走，”他叫道，“你刚才要给我讲那个故事的，麝鼠杰里。”

“什么故事？”杰里问道，好像他是全世界最听不懂彼得的话的人，尽管他心里一清二楚。

“呱，呱，呱，呱！”乌鸦布雷奇在远处的树顶叫道。

“乌鸦老先生是怎样失去他舌头的故事。你最好从头到尾讲给我听，否则我会扰得你不得安宁。”彼得坚持道。

杰里咧开嘴笑了。“如果是那样的话，我还是告诉你吧，”他说，“等我找一个舒服的地方坐下。我从不站着讲故事。”

杰里调整了几次位置来确保自己舒适，最后他终于找到了自己心仪的地方，然后他开始了。

“很久很久以前——”

“别管那些，”彼得打断道，“我不明白为什么所有故事的开头都是‘很久很久以前’，看上去好像所有有趣的事情都发生在过去。”

“如果你不专心，这个故事就此结束。”杰里说。

彼得为自己的插嘴感到很惭愧，杰里就继续说道：

“很久很久以前，乌鸦老先生，也就是乌鸦布雷奇的祖先，他的舌头比所有能跑能走能爬或能飞的小动物都奇妙。他能模仿每个人，他也那么做过。他能像云雀先生那样唱歌，也能像狼先生那样嗥叫；他能像鹌鹑先生那样吹口哨，也能像老棕熊那样吼叫。他能模仿任何人的声音，而且模仿得惟妙惟肖，如果你只在那里听到而没看到他本人的话，你永远都猜不到那是他模仿的。

“那时候乌鸦老先生是个喜欢恶作剧的顽童，就像现在的乌鸦布雷奇一样，他也很聪明。没有人比他更聪明了。乌鸦布雷奇的聪明就是遗传他的。他很快就发现没有人有他那样奇妙的舌头。他的舌头甚至比善模仿的仿声鸟老先生的舌头还好。仿声鸟老先生只能模仿其他鸟儿唱歌，但就像我说的，乌鸦老先生能模仿任何人的声音。他自己也疑惑了好一阵子。他不明白自己怎么谁的声音都能模仿，而他的邻居们却只能发出某些特定的声音。

“他和乌鸦布雷奇一样精明，最终认定是自己舌头的原因。一想到这里，他就开始去查明原因，他开始找各种借口，设法让他的邻居们给他看他们的舌头。可以肯定的是，他自己的舌头和其他人的是不一样的。他的舌头有点分叉，这样几乎就像一个舌头分开成两瓣舌。

“‘就是这样的，’他笑道，‘我知道了，是我自己的小舌头特殊。其他人都没有一个我这样的舌头，但除了我没人知道。我必须利用好它。是的，我必须利用好它。’

“当乌鸦老先生说这话的时候，他说的根本就不是善意地利用。换句话说，不是你、我或他的邻居们理解中的可以称之为善意的利用。他的意思是利用自己舌头的特点给自己带来最大的好处，然后他就变成了一个爱搞恶作剧的家伙，开始捉弄他的邻居们。当他看到你千百年前的祖先兔子先生过来的时候，他都会躲起来，等兔子先生一经过那里，他会像山猫先生那样嚎叫。兔子先生当然吓得要死，赶紧蹦蹦跳跳地跑开了，乌鸦先生捧腹大笑。他会躲在离松鼠先生家很近的树顶上，当松鼠先生找到一个饱满的坚果正准备吃的时候，他会像老鹰先生那样尖叫，然后笑看松鼠先生扔下坚果，一头扎进最近的洞里。当狐狸先生经过的时候，他会像老鼠一样吱吱叫，只是想看看狐狸先生到处寻觅他自己觉得近在手边的晚餐。

“但过了不久，乌鸦老先生不再满足于这种无害的恶作剧。时势艰难，每个人都得努力工作才能找到足够的食物。这根本不适合乌鸦老先生，有一天当他碰巧发现他的一个邻居正坐在美餐前的时候，他有了一个新主意。他偷偷地靠近尽量不被发现，然后突然像老棕熊一样嚎叫。当然大餐就被落荒而逃的人丢弃了。‘这么好的食物浪费了，可真不好。’乌鸦老先生边说边迅速开吃了。

“从那以后，他不是自己觅食，而是用锐利的眼睛盯着他的邻居们，当他们找到他想吃的东西时，他就会吓走他们随后自己去吃。他一直都很狡猾，从没被发现。乌鸦老先生是个非常健谈的人，花大把的时间到处传播流言蜚语，还总是第一个对那些失去食物的人表示同情。

“一直以来，乌鸦老先生不知道大自然母亲对一切都了如指掌，因为你愚弄不了大自然母亲的，试都不用试。一天早晨，乌鸦老先生发现浣熊先生正坐在丰盛的早餐前。他偷偷来到浣熊先生后面张开嘴巴像郊狼先生一样吠叫，但发出的不是吠叫声，而是一种很嘶哑的声音，‘呱，呱，呱’。这件事情让浣熊先生和乌鸦老先生都很惊讶。浣熊先生还是没忘记自己的礼节。他礼貌地邀请乌鸦老先生坐下，和自己一起吃早餐，但乌鸦老先生没了胃口。他的舌头莫名地感觉有点奇怪。他谢过浣熊先生，找借口离开。然后，他急忙来到最近的池边，以便在水里看到自己的倒影。他伸出舌头，舌头已不再是分裂的两瓣舌了。乌鸦老先生猜到是大自然母亲发现了他的所作所为，惩罚了他，但为了证实一下，他飞到他知道的最偏僻的地方，在那里他试图模仿他邻居们的声音，但他试

了试，却只能发出‘呱，呱，呱’的声音。

“过了很长一段时间，没人再听到乌鸦老先生说一个字。他的邻居们不知道怎么回事，因为你记得他曾经很健谈。他们说他一定是失去了他的舌头。他当然没有，但他觉得还不如失去了好。从那以后，乌鸦家族便都拥有最嘶哑的声音。”

“呱，呱，呱！”乌鸦布雷奇在他所坐的树顶上喊道。

“我想知道，”兔子彼得若有所思地说，“如果乌鸦布雷奇的舌头还是分裂的两瓣舌的话，他还能模仿别人的声音吗？”

“我听说他是可以的，”麝鼠杰里回答道，“但我不知道。可以确定的是，他和他的祖先一样聪明狡猾，所以我觉得他们的舌头也是一样的。”

第五章　嗥叫狼的名字是怎么来的

兔子彼得从来没见过嗥叫狼，但是他曾在远处听过他的声音，然而只是声音就让他毛骨悚然。那声音穿过他的身体，和老郊狼的声音完全不一样。老郊狼的声音就够糟糕的了，听起来像有很多种声音，但没有他表哥声音中的凶猛。彼得一点儿也不想近距离再听一次那声音。他第一次遇见他的表亲野兔跳跳，就问他嗥叫狼的事，因为野兔跳跳是从大森林来到格林森林的。嗥叫狼就生活在大森林，很令人畏惧。

“你听过他的声音？”野兔跳跳惊叫，“我希望他不会有到这里来的想法。我认为他不会，因为这儿离人类的家园很近。如果他在远处发出的声音都让你冒冷汗的话，近距离听他的声音恐怕你自己会哆嗦得散架。他本人就像他的声音那样可怕。但他身上有一点我很喜欢，就是他觅食的时候会发出相对公平的警告。他不像山猫塔夫蒂那样没有一点声音地偷偷摸摸地靠近。他和猎犬鲍泽一样会让你知道他正在外捕猎。你听说过他的名字是怎么来的吗？”

“没有。他的名字是怎么来的？”彼得急切地问。

“好吧，他现在的姓当然是年复一年流传下来的，自从第一只狼开始捕猎的时候就是这样，那是很久很久以前了，”野兔跳跳说，“刚开始很长一段时间里，第一只狼是没有名字的。大多数其他的飞禽走兽都有名字，但似乎没有什么适合大灰狼的名字。他看起来很像他的表亲——狗先生，也更像另一个表亲——郊狼先生。不过，他比那两个表亲都要强壮，比他们跑得都快，跑得更远，和他们一样都有个相当奇妙的鼻子。

“对狼先生还有其他的动物来说，刚开始生活是一件很容易的事情。食物足够，大家都相处和睦。但正如你知道的，食物短缺的时刻到了。然后大型动物就开始学着捕食小型动物，恐惧开始在世界上蔓延。狼先生的腿很灵活，鼻子也很灵敏，牙齿长而尖利。他很强壮，几乎不怕和任何人决斗。其实，他根本不知道害怕，因为他决斗都是避开那些体形比他大、比他强壮的动物。

“大多数人喜欢做那些他们知道自己能做好的事情。狼先生很早就尝到了打猎的乐趣。我自己无法理解。你能吗？”

彼得摇了摇头。你知道的，野兔跳跳或兔子彼得一生中都没捕猎过任何东西。他们总是被捕猎的对象。

“也许因为他的呼吸有力，腿很强壮，所以他享受奔跑的感觉；因为他的鼻子很灵敏，所以他享受追踪的乐趣。总之，他很鄙视像自己的表亲——郊狼先生那样花时间鬼鬼祟祟地到处转，他宁愿紧紧跟随最灵活的奔跑者，用自己的嗅觉、速度和技能与他们的速度和智慧比赛。当有像鹿先生这样的大型动物的时候，他不会捕食像我们这样的小型动物。捕食的过程越久越困难，狼先生似乎越享受。

“起先，他是静静地捕猎，鼻子嗅着地面灵活地奔跑。但这样一来他捕食的动物就少有逃跑的机会；甚至在他们怀疑自己可能被追踪之前就已经被他捕捉到了。狼先生总觉得这样很卑劣。这样一场捕猎之后，他从不抬头，也不会竖起尾巴。他觉得自己是个鬼鬼祟祟的人，为此感到很羞愧，所以把尾巴夹在腿间。这样捕猎没什么值得骄傲的。

“有一天晚上，他正坐着思考。温柔的月亮婆婆透过树梢俯瞰着他，狼先生内心有什么东西催促着他向她倾诉自己的烦恼。狼先生对着月亮婆婆伸着自己的尖鼻子，张开嘴巴，因为她很遥远，他要努力让她听到自己。那是人们听到的第一声狼嗥。声音是那么的孤独颤抖又可怕，听见的人都吓得发抖。狼先生不知道这些，但他知道自己嗥叫后感觉好多了。所以每晚他都伸着鼻子对着月亮婆婆嗥叫。

“碰巧有一次他这么做的时候，一只鹿在听到他第一声嗥叫时惊跳起来，惊骇万分地跑走了。于是，狼先生由此想到了一个主意。第二天他捕猎的时候，一闻到新鲜踪迹的气味，他就扬起头来嗥叫。那天是他所经历的最长的一次捕猎，因为鹿收到了公平的警告。狼先生

没有捉到鹿，因为鹿游过一个湖逃走了，尽管肚子空空如也，狼先生还是兴高采烈地回家了。你知道的，他感觉这是一场公平的角逐。从那以后，他总是发出公平的警告。他跑的时候，兴致一来就会嗥叫。他那浓密的尾巴再也不夹在腿间了，因为他觉得自己不再是个卑劣或鬼鬼祟祟的人。相反地，他觉得很骄傲。在所有捕猎的动物中，他是唯一发出公平警告的人，所以他觉得自己有权利骄傲。别人都是鬼鬼祟祟地捕猎，只有他自己是光明正大又勇敢地捕猎。

“他的行为先是招致了其他捕猎者的反感，然后是憎恨。你知道的，他捕猎的时候，破坏了格林森林里那些鬼鬼祟祟的、出其不意的捕猎者的猎食活动。小动物们听到他的叫声，不是藏起来就是加以防范，所以那些偷偷摸摸的捕猎者就很难再突袭他们。已不再是王的老棕熊一听到狼先生的猎杀尖啸，就会发出深沉的隆隆吼叫声，尽管他并不像其他人那么在意，这是因为他很少捕猎。如果食物不是这么短缺的话，他是不会捕猎的，如果能找到足够的浆果和树根，他也就很满意了。山猫先生和黑豹先生会愤怒地咆哮。郊狼先生和狐狸先生会露出牙齿，然后咕哝着要是自己体形足够大、足够强壮、足够勇敢的话，他们会对狼先生怎么怎么样。

“当然，没过多久狼先生就发现自己没朋友了。小动物们怕他，大动物们恨他，因为他破坏了他们的捕猎。但他不在意。其实，他看不起山猫先生、黑豹先生、郊狼先生和狐狸先生，他遇到他们的时候，尾巴翘得比之前更骄傲了。有时他纯粹是因为恶作剧而嗥叫，只是为了破坏其他人的捕猎。所以慢慢地，他开始被称作嗥叫狼，不久每个人都叫他嗥叫狼了。

“当然，嗥叫狼教他的孩子如何捕猎，唯一光荣和公平的捕猎方式就是给予被猎捕者公平的警告。所以狼家族形成了一个固有的习惯，就是当他们外出捕猎时发出公平的警告，然后依靠他们的呼吸、智慧、速度还有嗅觉来猎捕他们追踪的猎物。结果，他们变得越来越强壮，能够长途跋涉，鼻子极为灵敏，很有智慧。因为大型动物讨厌他们，小型动物怕他们，所以他们独立生活，养成了集体捕猎的习惯。

“从那以后，嗥叫狼的名字就一直传承到今天。大森林里没有什么比嗥叫狼的声音更让人害怕了，也没人这么公开勇敢骄傲地捕猎。学会感恩吧，彼得，因为嗥叫狼从来没来过格林森林，而是远离人类的家园。”

“我会的，”彼得回答，“同样地，我觉得因为他公平的捕猎方式，他应该有一个更好的名字，尽管这个名字确实很适合他。比起那些鬼鬼祟祟跟着我而不发出警告的人，我宁愿被发出公平警告的人抓住。但我一点儿也不想被抓住，所以我觉得我还是赶紧回蔷薇丛吧。”彼得就走了。

第六章　松鼠老先生是怎么变得节俭的

青蛙老爷爷正坐在微笑池塘里的大睡莲绿叶上，对着兔子彼得摇头表示责备。彼得是一个随遇而安的小家伙，除了现在拥有的欢乐时光，别的什么都不想。彼得从来不放眼未来，所以他很少担心。如果今天的太阳还在发光，他就理所当然地认为明天的太阳也会发光，所以他蹦蹦跳跳的，愉快极了，只相信运气。

青蛙老爷爷年纪很大也很有智慧，但他并不相信运气。是的，青蛙老爷爷不相信运气。

“咳咳，”青蛙老爷爷说，“运气不是偶然的。人们所说的坏运气只是他们自己愚蠢或粗心或两者共同的结果，人们所说的好运气只是他们自己智慧或细心或有常识的结果。”

兔子彼得捉弄过快乐的松鼠杰克，因为快乐的杰克说他那天早晨太忙了没时间停下来玩耍。正值夏季，冬天要很久才来。如果夏天不来玩耍享受的话，那夏天还有什么用呢？但快乐的杰克已经想到了冬天，正寻觅一个新的储藏室留着备用，到时好把它装满坚果。在毛茛和雏菊花间玩耍晒太阳打盹享受，一整天是要舒服得多。

"咳咳，"青蛙老爷爷说，"你曾经听说过松鼠老先生是怎么学会节俭的吗？"

"没有，"兔子彼得叫道，他在微笑池塘边柔软的草地上伸展四肢，"请告诉我们吧，青蛙老爷爷。"

你知道彼得是非常喜欢听故事的哦！

在微笑池塘周围的草地和森林里的所有的小动物都和彼得一起恳求青蛙老爷爷讲故事，他们缠了青蛙老爷爷好久（青蛙老爷爷很喜欢被缠的感觉），他清了清嗓子，开始了。

"很久很久以前，在老棕熊统治格林森林的日子里，每个人都必须上交吃的东西给老棕熊，因为他是王。你们知道的，王不用像其他人那样干活来弄到足够的食物，

每个人都给他一点自己最好的东西，所以王不用费力工作也能拥有陆地上最好的东西。老棕熊就是这样。于是，他变得又胖又懒又自私，大自然母亲宣布他以后不再是王。

“那时候生活着松鼠老先生，也就是你们现在熟悉的快乐的松鼠杰克千百年前的祖先。当然，他那时候并不老。他很年轻、很活泼，就像快乐的杰克一样，他是老棕熊面前的红人。松鼠老先生很无礼，多数时间是用来捉弄格林牧场和格林森林的其他人，他甚至敢捉弄老棕熊。有时候老棕熊会发脾气，然后松鼠老先生会飞快地爬到一棵高大的树的顶上躲起来，直到老棕熊消了气。

“那时候的日子很快乐，确实是快乐的日子，而且老棕熊是一个很英明的统治者。因为食物充足，所以没人在意他们贡献给老棕熊的少许东西。随着献给他的东西太多，他变得很挑剔。是的，老棕熊确实变得很挑剔。有人开始在他背后抱怨很难讨到他好。他会从献给他的东西中挑出最好的留给自己，剩下的给他的家人和特殊的朋友，要不然就白白浪费掉。

“老棕熊很喜欢活泼的松鼠老先生，自己吃不了的好东西，他经常会给松鼠老先生一些。松鼠老先生很聪明，他很快就发现他越取悦老棕熊，老棕熊给他的东西就越多。以这种方式生存比过去他自己觅食要容易得多。此外，这还更有趣。于是，松鼠老先生学会了如何取悦老棕熊，因为吃了太多其他人找到的好东西，他变得很胖。

“有一天，老棕熊给了松鼠老先生六个饱满的大坚果。你们知道的，老棕熊自己不喜欢坚果，也不喜欢有坚硬外壳的东西，所以他其实不像表面上看起来那么大方，大多数人都是这样。自己不想要的东西可以很轻易给别人。松鼠老先生深深地鞠了个躬，以最有礼貌的姿态感谢老棕熊。他确实不想要那些坚果，因为那时候他的肚子都饱了，但不能拒绝老棕熊赐予的礼物。所以他假装很开心地带走了坚果。

“‘我要拿它们怎么办呢？’松鼠老先生自己一个人的时候自言自语道，‘把它们放到老棕熊能找到的地方行不通，因为那样他会很生气。’最后他想起了某棵空心树。‘就是那里！’松鼠老先生叫道，‘我要把它

们丢进那里，没人会想到的。’

“一想到这，他立刻就付诸行动，松鼠老先生继续逍遥自在地蹦蹦跳跳，完全忘记了空心树里面的坚果。不久，大自然母亲就听到有人抱怨老棕熊还有他在格林森林里的统治。他变得又胖又懒惰，他所有的亲戚也都变得又胖又懒惰，因为他们都不用自己干活来获取食物。森林和牧场上的小动物对喂养熊家族开始厌倦。当大自然母亲亲自来看发生了什么问题时，冬天刚刚开始。她没多久就发现了。是的，她很快就发现了。你不能愚弄大自然母亲，连试都不要试。她好好地看了一眼老棕熊，他正在常用来睡觉的洞穴里打着盹儿。他胖得好像皮肤都要撑爆了。

“大自然母亲皱了皱眉。‘你这么一个懒惰的家伙将不能再做王。相反地，你会睡过整个冬天，变得很瘦很瘦，直到你在春天苏醒，你需要自己觅食，因为你永远不能再依靠别人提供的食物生存。’她说。

“森林和牧场上所有给老棕熊提供过食物的小动物都很开心，因为他们再也不需要给老棕熊送吃的，可以专注于自己的事情了。老棕熊家族里的所有人，包括他的表亲浣熊先生，都像老棕熊那样睡着了。是的，他们都睡着了，睡得很熟。

“松鼠老先生感觉很孤独，每天都会变得更孤独。其他的小动物没有人愿意和他交往，因为他们都记得，当他是老棕熊面前的红人时，他是如何不用干活就可以生存的。天气变冷了，要辛苦干活才能找到吃的。松鼠老先生一直很饿。除了空空如也的肚子他再也记不得其他。他变得越来越瘦。

“有一天，天气寒冷，大雪覆盖了大地，松鼠老先生没早饭吃，也没午饭吃。你们知道的，他一颗松子也没找到。傍晚的时候，他爬进一棵空心树来躲避严寒和冷风。他又累又冷又非常非常饿，眼睛里满是泪水，滚落到鼻子上又掉了下来。他在树洞底部的树叶上蜷缩起来，努力想睡着、忘记一切。他身下有什么东西硬硬的。他转身挪动了一下，但还是找不到舒服的位置。最后他想看看是什么东西让他不舒服。你们猜他发现了什么？六个饱满的大坚果！是的，各位，六个饱满的大坚果。

松鼠老先生高兴极了，兴奋得甚至叫喊起来。

“他吃了两个坚果，感觉好多了，决定把其他的留到第二天吃。然后他开始好奇那些坚果怎么会出现在树洞里呢。他想啊想啊，最后记起，很久之前是他食物太多不知道怎么处理才把它们藏到这个树洞里的呀。这些坚果，正是老棕熊赏给他的。

“他想到这些时，立刻有了一个好主意。他下定决心此后要改变随遇而安的惰性，一找到大量的食物，就藏到那个树洞里，直到把树洞填满为止，那么如果食物短缺的时刻到来，他就有足够的食物吃了。他正是这么做的。下个秋天，当坚果很多的时候，他从早忙到晚把它们储存到树洞里，整个冬天他都很开心，也胖了，因为他有足够的食物。他从来用不着去求别人。他学会了节俭。

“从那以后，松鼠们也成了森林里所有小动物中最有智慧的，而且永远是最忙碌的。

松鼠家族很久之前就学会了

正当途径得来的就是最好的

玩耍和快乐都存在于劳动中

永不偷懒的人才会有所收获

“就这些。”青蛙老爷爷讲完了。

“谢谢您，谢谢您，青蛙老爷爷！”兔子彼得叫道。

第七章　鹿莱特富特是怎么学会跳跃的

兔子彼得并不经常满怀嫉妒。一般来说，彼得不大会嫉妒什么。他对大自然母亲赋予自己的东西都很满足，如果别人拥有的比他多，他也为别人感到高兴，不会因为自己没那么幸运而浪费时间自寻烦恼。可是，曾经有一段时间彼得确实变得很嫉妒。那是他第一次见到鹿莱特富特跳过一段倒下的树。从那以后，每当他看到鹿莱特富特，内心总有点嫉妒。你知道的，彼得一直为自己的跳跃能力而感到自豪。当然，野兔跳跳跳得比他更高更远，但野兔跳跳是他的表亲，他们都在一个家族里，所以彼得不介意。但当彼得看到鹿莱特富特那么轻松地跳过灌木丛顶端、跳过倒下的树，就好像他的腿里有弹簧一样时，这就是另一回事了。

一天，彼得看到鹿莱特富特跳过一堆灌木丛，当时他正站着，手放在屁股上。“我希望我也能那样跳。”他大声地喊道。

“你为什么不学呢？”臭鼬吉米问道，眼睛里闪着淘气的目光，彼得没看见。“鹿莱特富特不是一直都那样跳的，他也是努力学来的。你为什么不去探询一下他是怎么学习的呢？或许青蛙老爷爷知道。他几乎无所不知。如果我是你，我会去问他的。”

“我——我——我只是不想去，”彼得回答，“我已经问了他好多问题，我怕他会觉得我是个麻烦精。我给你说，吉米，你去问他！”说这话的时候彼得的眼睛都亮了。

吉米笑了。“不，你不能这样！”他说，“如果你想从青蛙老爷爷那里知道什么，你自己去问。我不想知道鹿莱特富特是怎么学会跳跃的。他就算跳得比月亮高，也与我无关。你今早看到那些肥胖的甲壳虫了吗，彼得？”

“没有，”彼得简短地回答，“我对甲壳虫没兴趣。就算甲壳虫永远地消失了，也与我无关。”

吉米笑了。那是一种善意的轻笑。“别动怒，彼得，”他说，“希望你学会像鹿莱特富特那样跳跃，也希望我找到能填饱肚子的肥胖的甲壳虫。”说着臭鼬吉米就慢慢沿着弯弯小路向下走去。

彼得看着他走出视线，叹了口气，开始动身回蔷薇丛，却又停下来叹了口气，然后直奔微笑池塘。青蛙老爷爷坐在睡莲大绿叶上，兔子彼得没浪费时间。

他一停下跑步就脱口而出：“鹿莱特富特是怎么学会跳得那么棒的，青蛙老爷爷？”

青蛙老爷爷眨了眨圆鼓鼓的大眼睛。“咳咳！”他说，“如果你能在哈哈溪汇入微笑池塘的入口处跳过去，我就告诉你。”

彼得沮丧地看了看哈哈溪。那个距离非常宽。“我——我做不到。”他结结巴巴地说。

“那我就不能告诉你鹿莱特富特是怎样学会跳跃的。”青蛙老爷爷答道，就好像这个问题已经解决了一样。

“我——我试试！”兔子彼得赶紧脱口而出。

“好。你尝试的时候，我想想自己是否能记起这个故事。”青蛙老爷爷回答。

彼得往后退了一点，这样就更有利于助跑。然后他拼尽全力地奔跑，当到达哈哈溪的岸边时，他拼尽全力一跳。那是个不错的跳跃，很棒的跳跃，但这个跳跃还是不行。彼得落到水里，溅起了巨大的水花。青蛙老爷爷尽量张大自己本来就很宽的嘴巴，笑得圆鼓鼓的大眼睛流出眼泪才停下来。麝鼠杰里和水貂比利在岸边滚来滚去，笑得肚子都疼了。连乌龟斯波提都笑了，这对乌龟斯波提来说并不常见。

兔子彼得不喜欢水，尽管他会游泳，他在水里觉得一点都不自在。他尽快向岸边扑腾，心里很生气。没人喜欢被嘲笑。彼得打算一上岸就赶紧回家。不过，就在他的脚刚踏上岸的时候，他听到青蛙老爷爷大声低沉地说：“鹿莱特富特就是那样学会跳跃的——尽自己所能去尝试，坚持努力直到成功。这一切都发生在很久很久以前。”青蛙老爷爷说得就好像什么都没发生过一样，好像没笑过一样。彼得很不高兴想马上离开，但他不能错过这个故事。他的好奇心不让他离开。于是，他甩了甩身上的水，在自己能听见且阳光又充足的地方躺下来。

“鹿莱特富特的祖先也叫莱特富特，外表丝毫不比现在的鹿莱特富特逊色，”青蛙老爷爷继续用他讲故事的完美腔调说道，“他的腿就和现在的莱特福特的腿一样细长，头上也长着绝妙的分叉角。他有了分叉角后，就不是那么害怕别人了。那些腿脚足够灵活来捉他的敌人，他都能成功地用自己的角打败他们；那些对他来说体形太大，虽强壮但又不够灵活的动物，也抓不到他。但每年中都有一个季节，在这个季节里他没有角，对莱特富特来说就是这样。你知道的，或许你应该知道，每当春天，莱特富特就会失去他的角，然后经过一夏天新的一对角又会长出来。很久之前的鹿先生也是这样的，每当他失去那些大角，他都变得很无助、很怯懦。

“因为鹿先生喜爱开阔的草地，所以大部分时间他都待在那里。当他必须奔跑的时候，他不想有东西妨碍他的细长腿。他多么能跑啊！哎呀，哎呀，哎呀，他多么能跑啊！但那时也有跑得很快的——狼先生和狗先生。鹿先生总是感觉别人总有一天会捉到他。当他有角的时候，这个问题就不会太困扰他；但当他没角的时候，这就是个相当大的困扰。他觉得非常无助。‘我能做的就是远离别人的视线。’他自言自语道，所以他没去草地和空旷的地方，而是藏在格林森林边缘的灌木丛里以及格林森林倒下的树后。

“但有一件事困扰着鹿老先生，当然他那时并不老。但确实有一件事非常困扰他。他在灌木丛和倒下的树还有朽原木间根本跑不快。这是个新的问题，和之前的担忧一样困扰着他。他觉得自己陷入了一个可怕的困境。你知道的，艰难时刻到来了，为了生存，强壮的大型动物开始捕食瘦弱的小型动物。

“‘如果我在草地上被捉住，我对抗不了；如果待在这里，我被敌人发现了又跑不快。噢，哎呀，噢，哎呀，我该怎么办呢？’当鹿先生藏在一棵倒下的铁杉树的树枝间时，他叫道。

“就在那时，野兔先生来了，也就是你表亲野兔跳跳的祖先。路上有段大原木挡道了，他轻如羽毛般地跳了过去。鹿先生看着他叹了口气。如果他也能那样跳的话，按照他的身材比例，他能跳过灌木丛、倒下的原木和倒下的树，就不用绕着它们或挤在它们中间跑了。然后他就有了一个主意。为什么他不学习跳跃呢？无论如何，他可以试一试。于是，当他确定没人在附近看着他的时候，他练习着跳过一些低矮的灌木丛。起先他做得不够好，但他不停地坚持练习，慢慢地，就越跳越高。这是件很艰辛的事情，好多次他试图跳过那些朽原木和树桩的时候，都擦伤了他的细长腿。

“尽管他不知道，但一直都有人在看着他。那就是大自然母亲。有一天，当他在小路上急走的时候，大自然母亲拦下了他。‘没人看见你的时候，你在做什么？’她问道，看起来很生气，‘我难道没赋予你美丽和速度吗？你还是不满足！’鹿先生垂下头。很快他又突然骄傲地昂起头，告诉大自然母亲他没有抱怨，他只是想通过自己的努力给自己已经拥有的恩赐增光添彩，他也解释了自己为什么想学跳跃。大自然母亲从头到尾听完他的话。‘你跳过那个灌木丛给我看看，’她生气地指着一棵和鹿先生一样高的灌木丛说。

“‘噢，我跳不了那么高！’他叫道。然后坚定地把头一甩，补充道，‘但我会试试。’所以就像兔子彼得感觉自己一定做不到，还是试着跳过哈哈溪一样，鹿先生也试着去跳过灌木丛。他跳了过去，蹄子甚至都没碰到灌木丛的顶端，试想一下他当时有多惊讶啊。大自然母亲已经赋予了他跳跃的能力，作为对他坚持不懈的奖励，也因为她看到他确实需要这种能力。

“从那以后，鹿就居住在灌木丛最茂密、格林森林树木最盘根错节的地方，因为他们是跳跃能手，在那种地方比他们的敌人跑得更快，然而在开阔的草地上，他们的脚却不再那么灵活。彼得，现在让我们看看你跳过哈哈溪吧。”

你猜彼得做了什么？哎呀，他又试了一次，当他再次跌进水里溅起大水花的时候，他也和别人一样哈哈大笑。

第八章　飞鼠先生是怎么差点就有了翅膀的

臭鼬吉米和兔子彼得有一个争议，那并不是个激烈的争议，但吉米和彼得都坚持自己的看法，他们谁都不愿意向对方妥协。最后，因为他们谁都不能说服对方，就决定把这个问题交给青蛙老爷爷，让他来裁决谁是正确的。于是，他们就直接奔向微笑池塘，青蛙老爷爷正坐在睡莲大绿叶上，欣赏着暮色，同时指挥着青蛙们的大合唱。他俩都决定接受青蛙老爷爷的裁决。当然啦，他们都觉得自己是正确的。

当他们来到微笑池塘，看到青蛙老爷爷那么安详、老练而又明智。“晚上好，青蛙老爷爷。希望您的心情和外表看上去一样好。”臭鼬吉米说道，他一向是彬彬有礼的。

“咳咳！我感觉很好，谢谢你，”青蛙老爷爷回答道，“在这美好的夜晚，你们来微笑池塘干嘛？”他紧紧地盯着兔子彼得，因为他怀疑彼得是来听故事的。

“我和彼得在一件事上不能达成一致，我们想请最明智的人来裁决，在这里，有谁像青蛙老爷爷一样明智呢？”吉米回答道。

青蛙老爷爷看起来非常高兴。别人称赞他明智总是能取悦他。“咳咳！”他粗声说道，“你嘴巴真甜，臭鼬吉米，那到底是什么事让你们有争议呢？”

“有多少种动物能飞？”吉米以反问的方式回答。

“一种，”青蛙老爷爷回答道，“我觉得每个人都知道，蝙蝠弗雷特是唯一会飞的动物。”

“你忘记飞鼠蒂米了！”彼得兴奋地喊道，“这样就有两种了。”

青蛙老爷爷摇了摇头。“彼得啊彼得，你的眼睛到底出什么问题了？”他说道，“你的眼睛足够大，但我怀疑你是否愿意学着去使用它们。有时候，看问题只看一半比根本不看问题还要糟糕，蒂米和我一样都不能飞。”

“我告诉你什么来着？”臭鼬吉米洋洋得意地叫道。

“但我见过他飞过好多次！”彼得坚持道，“我觉得任何一个像我一样经常羡慕他的人都知道。”

“哼！”青蛙老爷爷咕哝道，“我猜这就是问题所在。你的眼中满是羡慕，都看不清真相了。羡慕不是件好事。”

臭鼬吉米轻声地笑了。

“你看见过他从树上离开吗？”青蛙老爷爷继续说道。

“没有。”彼得承认道。

“你看见过他像蝙蝠弗雷特一样在空中盘旋吗？”

“没，没有。”彼得慢慢地回答道。

“当然没有，”青蛙老爷爷反驳道，“原因就是他根本不会飞。他根本就没有翅膀，他只是在空中滑行。他是格林森林中最伟大的跳跃者和滑翔者。”

“在空中滑行！”彼得喊道，“我从来没有听说过这样的事情。”

“你没有听说过的事情多着呢，”青蛙老爷爷回答道，“坐下，彼得，别坐立不安了，我来给你讲个故事。”

故事这个词足以让彼得忘记一切了，他赶紧坐下来睁着大眼睛盯着青蛙老爷爷。

“那发生在，”青蛙老爷爷开始讲道，“发生在万物起源之初，那里生活着松鼠家族一个非常胆小的成员，和红松鼠先生、灰松鼠先生是嫡系表亲，却一点儿都不像他们，因为他很温顺很害羞。或许部分原因是他的体形很小，还没有足够强大到能和其他人那样打天下。事实上，小松鼠先生非常胆小，当白天大部分人都在外面活动的时候，他更愿意避开别人的视线。他到黄昏才感到安全，所以他经常等到欢乐的圆圆的红太阳公公回到紫山后面去睡觉了，才会冒险出来寻找食物。那时，他那些好争吵的表亲们都上床睡觉了，他发现美味佳肴时也没有人会赶走他了。

“即使是在夜晚也有很多的危险。猫头鹰先生在密切注视着呢，还有其他在夜晚潜行觅食的家伙。其实，小松鼠先生感觉在地面上的每分每秒都很危险，所以他尽可能都待在树上。当然，当一棵树上的树枝搭上另一棵树上的树枝时，他很轻松就可以在树尖上穿行，但时不时就会有露空的地方需要越过。胆小的小松鼠先生跳过这些露空的地方时非常害怕。他常常坐在那里看着蝙蝠老先生飞来飞去，真希望自己也能有双翅膀。然后，他就意识到奢求自己没有或不可能拥有的东西是件很愚蠢的事情。

“‘该做的事情，’小松鼠先生自言自语道，‘就是最大可能地利用我所拥有的东西。我擅长跳跃，但如果我不断坚持跳跃，或许我能跳得比现在更好。’

“于是每天晚上，小松鼠先生都独自外出，在确保没有人看见他的地方不断地练习跳跃。他会爬上老树桩，然后用尽全力往远处跳。他反复地跳了好多次，不久之后，他发现自己跳得比刚开始要远，而且远不少。一天晚上，他有了个重大发现。他发现自己跳跃的时候如果尽可能地伸开四肢让自己变得更平展，这样他几乎能跳以前的两倍远，着陆也轻松得多。就像是在空中滑行一样。那样非常有趣，很快他就把他所有的空闲时间都用来练习。

“一个月光皎洁的夜晚，大自然母亲碰巧经过，她就坐在一段原木上观察他。小松鼠先生并没有看到她，最后大自然母亲问他在干什么的时候，他惊讶又迷惑，竟说不出话来。最后，他告诉大自然母亲，他在试着学习怎么跳得更好，从而保护自己。听了这个想法，大自然母亲非常高兴。你们知道的，当她发现有人努力自助的时候她总是很高兴。

“‘这是一个了不起的想法，’她说道，‘我会帮助你的。我会使你成为格林森林中最伟大的跳跃者。’

“然后她赋予了小松鼠先生某样东西，类似翅膀，但又不是翅膀的东西。大自然母亲在小松鼠先生身体两侧的前肢和后肢之间拉抻一块皮肤，当他行走或奔跑的时候，为了不露出来或挡着路，那个东西会折叠在身体两侧。

“‘现在，’她说道，‘爬上远处那棵大树的顶端，从那里尽力越过露空的地方跳到另一棵树上。’

“这个距离是之前小松鼠先生跳过的十倍远，那棵树非常高，他觉得自己落地的时候脖子准会摔断，他很害怕，非常害怕。但大自然母亲让他这么做，他知道自己应该相信她。于是，他爬上了那棵树，那段距离很让人害怕，另一棵树离得太远了，想跳到那儿简直就是痴人说梦。

“‘跳！’大自然母亲命令道。

“小松鼠先生使劲吸了一口气，努力咽下自己的恐惧，然后他用尽全力跳了起来，就像他自学的那样，尽量平坦地舒展开自己的四肢。他在空中轻如鸿毛般地滑下，跨过露空的地方，最后轻轻落到远处那棵树的脚下。试想一下，他有多么惊讶，多么高兴啊。你们知道的，当他舒展四肢时，前后肢间的皮肤能让他免于直线降落。当然，尽管他刚开始可能觉得没用，但如果他没像大自然母亲要求的那样尽全力跳跃的话，他也到达不了另一棵树。

“他高兴极了，想立刻再次尝试这样跳跃，但他没有忘记自己的礼仪。他首先感谢了大自然母亲。

“她笑了，‘一定要让自己远离危险，这也是我为什么让你成为格林森林中最伟大的跳跃者的原因。’

“小松鼠先生做到了。像彼得一样不好好利用自己眼睛的人都认为他可以飞，所以他被称为飞鼠。他就是

你们都认识的蒂米的祖先。”

“所以蒂米其实并不会飞，是吗？”臭鼬吉米问道。

“当然不会。他只是在空中跳跃、滑行。”青蛙老爷爷回答道。

“我怎么告诉你的？”吉米得意洋洋地对彼得喊道。

“好吧，不管怎样，这是飞行的另一种形式。我希望我能做到。”彼得回答道。

第九章　鼬鼠先生是怎么被抛弃的

在格林森林里一棵很有年代的铁杉树上，红松鼠查特尔正站在自己的老窝边向下窥探，如果你能看到他的眼睛的话，你会发现他的眼睛里有着巨大的恐惧。他看看这儿，又看看那儿。慢慢地，他不再感到害怕，当他看到兔子彼得走过来的时候，终于松了一口气，从树上跑下来。彼得看到他，径直向他走来，以消磨白天的时光。

“彼得，”彼得一走近，红松鼠查特尔就小声问，“你看到鼬鼠沙道了吗？”

现在轮到彼得害怕了，他急忙看看这儿，又看看那儿。“没有，”他回答，“他在附近吗？”

“五分钟之前，我看到他从这里经过，但他好像很急，我觉得他现在应该走了。”红松鼠查特尔还是小声说道。

“希望如此！我的天哪，希望如此！”彼得说，仍然不安地这看看，那看看。

“我讨厌他！”红松鼠查特尔愤怒地说。

“我也是，”彼得回答，“我觉得人人都讨厌他。让大家都厌恶一定很糟心。我觉得他在这广阔的世界里一定一个朋友都没有，甚至在他的亲戚中都没有。我奇怪他为什么从不尝试着去交朋友呢？”

“臭鼬吉米来了。我们去问问他。他应该知道，他可是鼬鼠沙道的表亲。”红松鼠查特尔说。

吉米像往常一样，慵懒地漫步，他可是从不匆忙的。在红松鼠查特尔和兔子彼得看来，他好像比平常更慢了。但他最后还是到了。

“臭鼬吉米，为什么你的表亲鼬鼠沙道从不尝试去交朋友呢？”吉米一走近，红松鼠查特尔就问道。

“我从没问过他，但我猜是因为他不想要朋友吧。”吉米回答道。

“但为什么呢？”彼得问道。

“我觉得那是因为他是个被抛弃的人。”吉米回道。

“什么是被抛弃的人？”彼得问道。

“哎呀，就是没有人理睬的人，笨蛋，”吉米回答，“我以为每个人都知道呢。”

“可是，他刚开始是怎么被抛弃的呢？”彼得坚持问道。

“自从出生，他就一直是个被抛弃的人，我猜他已经习惯了，”吉米说道，“他爸爸是个被抛弃的人，他爷爷也是，上溯到很久很久以前，他的祖先也是。”

“告诉我们这个故事。请讲给我们听！”彼得恳求道。

吉米善意地笑了。“好吧，反正我现在也没其他事做。我会告诉你们的。或许你们两个家伙能从这个故事中学到点什么。”他说。然后，他调整了个舒服的姿势，背倚在一个老树桩上开始讲故事了。

“很久很久以前，老棕熊统治着森林，我们所有人的祖先和其他人相处得都很和睦，瘦削活泼的鼬鼠先生也和其他人一起生活。他的体形就像现在的鼬鼠沙道一样小，相貌也和鼬鼠沙道一样。他和邻居们的关系都非常好，没人说他一句坏话。其实，他很受欢迎，和其他人一样有很多朋友。但他的性情一直很卑劣。他对邻居们隐藏起自己卑劣的性情，可他性情确实很卑劣。当一切都很美好，没什么担忧的时候，卑劣的性情很容易隐藏，那时候就是这样。食物充足，无需担忧，当然没人怀疑别人卑劣，也没理由卑劣。

“鼬鼠先生不仅卑劣，也很狡猾。因为体形较小，手脚灵活，他很难被追踪。你们知道的，鼬鼠沙道也是这样，有时你能看到他，有时就看不到。”

红松鼠查特尔和彼得点点头。大家都叫他影子，就是因为事实确实如此。

“是的，”吉米继续说，“他很快就发现，如果自己够小心，就能想去哪儿就去哪儿，没人比他更聪明。他们说那时鼬鼠先生一看到有人过来，他就会练习避开别人的视线，不久他就能快速地在他邻居们的眼皮底下消失。因为身形瘦削，他能到任何四脚动物去的地方，不久他就知道了附近的每一个洞穴和角落。没有他发现不了的秘密，一直都没人怀疑他。

“当然，最后鼬鼠先生的苦日子来了，别人也是一样，但这并没有太困扰他。你们知道的，他知道他所有邻居储藏食物的地方，所以当他饿了的时候，他需要做的就是自己随便吃。于是，鼬鼠先生变成了一个小偷，还是没人怀疑他。一个坏习惯总是能衍生出另一个坏习惯。鼬鼠先生变得非常喜欢蛋。我们整个家族对蛋都没有抗拒力。”

吉米笑了，因为彼得和红松鼠查特尔都知道只要他找到新鲜的蛋，他绝不会放过的。

“有一天，他发现一个巢穴，里面有四只小幼鸟，而不是他想找的蛋。性情卑劣的他勃然大怒，杀死了四只小幼鸟。是的，他就是那样做了。他发现自己也很喜欢小幼鸟的味道，就开始捕捉更多。后来他发现了一窝幼鼠，味道和小幼鸟一样好。此后，恐慌开始在小动物之间蔓延，但没人怀疑鼬鼠先生。他非常狡猾，总是和之前一样同他们一起进进出出。他们只是怀疑森林里身形巨大而强壮的动物，因为食物变得更稀少，他们开始捕捉更小的动物。

“可你们知道的，卑劣的行径迟早会被发现的。有

一天，兔子先生惊讶地发现鼬鼠先生在吃小幼鼠，他急忙跑去告诉他的邻居们。鼬鼠先生知道不能再假装他之前的样子了，他就大胆地加入到大型动物猎捕小动物的队伍。大部分做坏事被人捉到现行的人，都会很生气，鼬鼠先生也是这样。他勃然大怒，发誓要杀了兔子先生，因为捉不到兔子先生，他就开始捉其他的邻居，直到没人不怕他，甚至凶猛的狼先生、黑豹先生和山猫先生都没这么让小动物们害怕。你们知道的，他们能避开大型捕猎者，但躲避不了鼬鼠先生，因为他知道他们所有的藏匿点，而且他身形很瘦削，他们能去的地方，他也能去。

“像狼先生、黑豹先生这样的大型动物，只是为了生存才捕捉小动物来吃，当他们发现鼬鼠先生捕捉的动物自己都吃不了时，他们便和他断绝往来，甚至威胁他，如果他们捉到他就杀了他。很快鼬鼠先生发现他在这个世界上一个朋友也没有。这让他变得比之前更加野蛮，他以捕猎和杀害为乐。他的邻居们看到他时眼中满是恐惧，他却以此为乐。

“当大自然母亲发现这一切的时候，非常震惊，可她发现自己对鼬鼠先生也无计可施。鼬鼠先生对自己曾经的行为并不感到惭愧，也不保证自己会改正。‘非常好，’大自然母亲说，‘从现在起，你和你的子孙后代会永远被格林森林和格林牧场上的人们抛弃，被所有的动物憎恨。’到今天也是这样。即使是我都和鼬鼠沙道没什么来往，尽管他是我的表亲。”臭鼬吉米总结道。

兔子彼得不寒而栗。“一个朋友都没有不是很糟心吗？”他问道，“我宁愿一天逃命二十次也不愿意被人憎恶和害怕，也不愿意一个朋友都没有。我不要被全世界的人都抛弃。”

“你永远都不会有这种危险的，彼得。”臭鼬吉米笑道。

第十章 猫头鹰老先生的眼睛是怎么固定住的

在阳光明媚的大白天里，乌鸦布雷奇发现猫头鹰胡提正在一棵茂密的铁杉树上打盹儿。乌鸦布雷奇知道亮光会伤害到猫头鹰胡提的大眼睛，使他处于半瞎的状态。这就意味着他可以无尽地逗弄猫头鹰胡提来取乐，胡提只能安静地坐着，全盘接受，因为他看不大清楚，不能飞走，也不能去捉乌鸦布雷奇。如果像多云的天气那样天很黑的话，或者说夜幕已经降临到格林牧场和格林森林，情况就完全不一样了。乌鸦布雷奇就要小心了，要非常小心，不能让猫头鹰胡提知道他就在附近。但现在有这么一个好机会破坏猫头鹰胡提的睡眠，看着他暴怒，而且不需要承担任何风险。

“呱，呱，呱，呱，呱！”乌鸦布雷奇大声尖叫着，他所有的亲戚都立刻聚集过来找点乐子。天哪，天哪，那里喧闹极了。他们飞过他的头顶，围绕着他落在那棵树上，也拼尽全力叫喊着。每个听到这叫声的人都知道是什么意思，每个有胆量的则跑去看热闹。不晓得什么缘故，大多数人好像都喜欢看别人不舒坦，尤其喜欢看他们害怕的人变得无助。

只要天一变黑，格林牧场上和格林森林里的大多数人都非常害怕猫头鹰胡提，因为这时他的视力最好，他就会捕猎。所以，尽管他们这么做一点也不厚道，他们还是喜欢看到猫头鹰胡提被乌鸦布雷奇和他的亲戚们折磨。但他们也一直很小心，尽量让自己在别人视线之外。兔子彼得也在那里。野兔跳跳、快乐的松鼠杰克、红松鼠查特尔、森林鼠怀特富特和花栗鼠都在，还有很多人。当然，松鸦塞米也在，但塞米没有试图隐藏自己。噢，天哪，是的。他和乌鸦们一起骂猫头鹰胡提各种难听的话，以最放肆的方式在贴近胡提而他又够不着的地方飞来飞去。你明白的，他知道猫头鹰胡提有多无助。

猫头鹰胡提非常非常生气。他嘶嘶地叫道，咬牙切

齿地告诉折磨他的人，天黑后如果他抓到他们会如何对待他们。有个最大胆的家伙试着扯他的羽毛，他一直转着头，瞪着圆圆的黄色大眼睛，不让折磨他的人有这样的机会。因为猫头鹰胡提能转动他的脑袋，别人都不能这么做。因为能转动脑袋，他可以径直看到自己背后的尾巴，这样他的头看起来好像安反了一样。他也能快速地把头转向其他的方向，你几乎看不到他的动作，有时看上去他好像把头整整转了一圈。

兔子彼得对此很感兴趣。他脑子里再也装不下其他的事情。他自己也不断试着那么做，当然了，他肯定做不到。他能把头转向一边，只是这样而已。一整天剩下的时间他都在疑惑，那天晚上，当他的表兄——野兔跳跳来蔷薇丛玩的时候，他做的第一件事就是问他问题。

“跳跳表哥，你知道为什么猫头鹰胡提的脑袋能转圈，别人就不可以吗？”

“我当然知道，”野兔跳跳回答，“我以为每个人都知道呢。那是因为他的眼睛是固定在眼窝里的，他不能转动眼睛。所以为了看到各个方向，他必须转动整个脑袋。我们能转动眼睛，但猫头鹰胡提不行。”

彼得用他那长长的右后肢抓抓他长长的左耳朵，这是他思考或疑惑时的惯有动作。“那很有趣，”他说，“我想知道为什么他的眼睛是固定住的。”

“因为他祖先的眼睛转得太多了，”野兔跳跳边打哈欠边回答，“他看得太多了。看得太多可不是好事。”

“告诉我。求求你，跳跳表哥。”彼得恳求道。

野兔跳跳看看月亮确定一下是晚上什么时间。

“好吧。”他说，给自己调整了一个舒服的姿势。“那要追溯到万物之初，猫头鹰家族里所有的成员都有着大眼睛。猫头鹰老先生也是。他能像我们一样转动眼睛。因为他的眼睛很大，而且能转动，所以他几乎能看到所有发生的事情。碰巧有一天，大自然母亲那聪明的脑袋想到要给格林牧场上和格林森林里的小动物们一个测试。她想看看他们中有多少人能遵守她的命令。于是，她让他们站成一排。然后她让他们转过身，背对着她。

“‘现在，’她说，‘每个人的眼睛要一直看着前方。我几分钟后很快回来，但谁都不能偷看。如果谁偷看的话，

我会知道的，我保证，惩罚会让你终生难忘。’

“那声音听起来好像是什么可怕的事情即将发生，所以每个人都非常安静地坐着，直直地看着前面。他们中有些人非常好奇大自然母亲在做什么，但一段时间内没有人想去违背她的命令。兔子先生被好奇心弄得心痒痒。看上去他好像非转过头不可了。但他成功地抑制住自己的好奇心，眼睛径直盯着前方。

“猫头鹰老先生的大耳朵非常尖，就像今天的猫头鹰胡提一样。因为它们都被羽毛覆盖着，所以你看不到它们，但它们还是一样存在的。”

彼得点点头。他知道那些奇妙的耳朵，当猫头鹰胡提在夜间飞行的时候，它们能听到那些最细微的声音。

“那些大耳朵，”野兔跳跳继续说道，“听到了大自然母亲发出的细微声音，它们听起来奇怪极了。‘如果我只转动眼睛而不转头的话，我相信我应该能看到她在做什么，她不会有那么聪明的。’猫头鹰老先生想。于是，他把眼睛转过去，然后又再向前看。他看到的场景让他还想再看看。他又试了一次。试想一下，当他发现自己的眼睛转动不了的时候的感受。他的眼睛一点儿都转不了了。他能做的仅是直直地盯着前方。他害怕极了，一次次尝试着转动自己的眼睛，但它们被紧紧地固定住了。他只能看一个方向，也就是他的头转向的方向。

“最后，大自然母亲告诉所有小动物，他们可以回头看的时候，猫头鹰老先生不想看了。他不想面对大自然母亲，因为他非常清楚自己的眼睛是怎么回事。他知道大自然母亲看到他眼睛向后转了，作为惩罚，她固定住了他的眼睛，这样他就只能看前方了。他什么也没说。他觉得羞愧极了。一有机会他就赶紧飞回了家。此后很长一段时间，猫头鹰老先生完全看不见自己的后面。和大多数人一样，他只能稍微转一点儿头，但他不能转动眼睛来看这个方向的全部情景。这让他紧张不安。他感觉好像有人一直在他背后干什么。但他没有抱怨。他觉得很惭愧。

“大自然母亲一直在观察着他。过了很长很长一段时间，她觉得惩罚够了。但她又不想他忘记，所以她仍固定住他的眼睛，这样它们就只能看前方了，但她同时又赋予他一种能力——他的脑袋能比任何人转得幅度都大，这样他不用转动身体就能看到背后了。从那以后，所有的猫头鹰们都有固定的眼睛，但脑袋能够转动得就好像安反了一样。”

“谢谢你，跳跳表哥，”彼得叫道，“有一件事你忘了说了。当猫头鹰老先生把眼睛转过去向后看的时候，大自然母亲在做什么呢？”

“那个，”野兔跳跳回答，“猫头鹰老先生从没说过，没人知道，所以我也没法告诉你。”

第十一章　土拨鼠约翰尼是怎么会冬眠的

兔子彼得很烦恼。他是心烦意乱，每当他心烦意乱的时候，就没胃口。现在就是这样。他已经去过高处的老果园，也与往常一样，曾在土拨鼠约翰尼的家停下来和他闲谈了一会儿。彼得坐在那里说话的时候，突然发现约翰尼比平常要胖。他就这么脱口而出。约翰尼懒洋洋地打了个哈欠说："为了整个冬天能舒服地睡觉，所以我增肥了。冬眠之前，我得让自己比现在更胖乎一些。"说完，土拨鼠约翰尼就开始大吃，好像他的肚子饿得前心贴后背，而不是要撑破一样，彼得从他那里也问不出什么了。

于是，他回家仔细思考，可他越想越困惑。人怎么会睡一整个冬天呢？变胖有什么好处呢？土拨鼠约翰尼又不能吃自己身上的肥肉，那增肥又有什么用呢？“一定是用来保暖的。”彼得想到这里就快活起来。但为什么不弄件厚厚的毛皮大衣呢？效果也一样好，甚至更好。那样保暖完全没问题啊。水貂比利、小水獭乔还有狐狸雷迪都没这样啊。是的，土拨鼠约翰尼增了那么多肥肉绝不可能只是为了保暖。而且，他整个冬天都待在深深的地下，那就没理由说冷了。

“就算我想，我也不能睡一整个冬天，就算可以，我也不会那么做，因为那样我会错过很多乐趣的。”当彼得前往微笑池塘找青蛙老爷爷的时候，他嘟囔道。他看到青蛙老爷爷坐在睡莲大绿叶上，但不知为什么，他看起来好像没往常那样活泼睿智。“他一定是老了，”彼得想，“精神头没之前好了。过去两三个星期里好像就变老了。太糟糕了，太糟糕了。”

彼得大声说：“哎呀，青蛙老爷爷，您看起来真不错。您都让我们这些年轻人心生嫉妒了。”

青蛙老爷爷目光犀利地盯着彼得。或许他看到了彼得眼中的真相。“咳咳！”他说，“诚实点，彼得。诚实点。别拍马屁，这不是个好习惯。我知道自己什么样子。我看起来很老、很累。难道不是吗？”

彼得看上去有点惭愧。他不知道要说什么，所以他什么也没说，只是点了点头。

“这样多好，”青蛙老爷爷粗声说，“要实话实说。其实我很累，我太累了，要准备冬眠了，今天我就要去冬眠了。”

“噢，青蛙老爷爷，”彼得恢复了说话能力，“走之前请告诉我一些事。您想冬眠是因为您没有好的毛皮外套来保暖，我能这样理解吗？但为什么土拨鼠约翰尼也这样，他是怎么做的？为什么他没饿死呢？”

听出彼得声音里满是强烈的好奇，青蛙老爷爷忍不住笑了。“我看你还是和以前一样，有很多问题啊，彼得。”他说，“我不妨再多给你讲一个故事吧，因为你要很久之后才能在我这里听到另一个故事。土拨鼠约翰尼冬眠是因为他很明智，他的明智又是因为他家族里的人都很明智。他的祖先就很明智。家族里有优良的常识流传下来是很好的事情，彼得。”

彼得再一次点点头。坐在大岩石上的麝鼠杰里也在听着，他对彼得眨眨眼睛，彼得也对他眨眨眼睛。然后他调整了一个舒服的姿势，不想错过青蛙老爷爷故事里的任何一个字。

“你一定知道，彼得，很久很久以前，有个时期是没有冬天的。”青蛙老爷爷开始说，“那段时间是我给你说过的艰难时刻来临前的时期。每个人都有足够的食物，大家相处得都很融洽。然后艰难的时刻到来了，刚开始是野蛮的北风哥哥和冰霜杰克来了。他们的到来开始了第一个冬天。那并不是一个很漫长、很难熬的冬天，可也足够漫长、足够艰难到让人感到太多不适，尤其是对那些靠鲜嫩的绿色植物为生的群居小动物们。是的，对他们来说确实很难熬。尽管很短暂，但第一个冬天他们有些人都快饿死了。土拨鼠老先生，当然那时候并不老，就是其中之一。等到嫩绿色的植物又开始生长的时候，他都瘦得不成样子了。他太瘦了，有时候他都自己去试试看能否听到自己皮肤下面骨头咯咯响的声音。

“他当然听不到，但他很肯定风吹的时候都能穿透他的身体。最后天气又转暖了，就像现在每个夏天一样，食物又变得充足起来。所以有些小动物看起来好像完全忘记了寒冷的艰难时刻，但土拨鼠老先生没有。他永远都不会忘记那种饥寒交迫的感觉。当然，有了足够的食物，他很快又变得胖乎乎的，感觉很舒适，但他一直在想野蛮的北风哥哥和冰霜杰克带来的艰难时刻，他怀疑他们是否还会再来。他对邻居们说了自己的担忧，但大部分人都笑了，说他在杞人忧天，他们都不相信北风哥哥和冰霜杰克会再度来袭。

“过了一段时间后，土拨鼠老先生把自己的想法埋藏在心里，和之前一样忙自己的事情。但他脑海里一直在想另一个饥寒交迫的时期到来的可能性，要想办法做好准备。他从未想过去大自然母亲那里请求她的关照，因为土拨鼠老先生很独立，他相信自助者天助之。所以他就不停地研究，如果另一寒冷期真的来了，自己怎样才能渡过。

“‘我没有像水貂先生、水獭先生、松鼠先生或者其他人那样厚厚的毛皮外套，我也没他们跑得快，所以我不能那样保暖。’一天他坐着晒太阳时自言自语道，‘我必须找到其他保暖的方法。我相信寒冷不能渗透到地下深层，如果我在地下深处建个房子，那会很舒适的。至少，那样就不会很冷了。我觉得这是一个好主意。我马上就试试。’

“土拨鼠老先生没浪费任何时间，就开始挖洞。他一直不停地挖。他的邻居们都很好奇，问他在干嘛，他友好地笑了笑，说他在尝试做个实验。他挖了一个长长的通道，通往地下深处，他确定冰霜杰克到不了那里。他建了个卧室，在里面铺了张软软的草床。当这一切都完成后，他很满意，每天晚上太阳一下山他就上床睡觉，一直睡到早晨才出来。

“‘无论如何，我冻不死了。’他说。然后他想起自己曾经饥饿至极的时刻，叹了口气。‘现在，如果我能想到一个办法来储存食物帮我渡过难关，那就更好了。’

“刚开始他想到要储存食物，当他付诸实践的时候，很快就发现他赖以生存的嫩绿植物储存不住。它们会枯萎变干，根本不能吃。当大自然母亲传来警告说野蛮的

北风哥哥和冰霜杰克还会再来的时候，他还在一直努力想办法。土拨鼠老先生的心沉了下去。他想到所有的嫩绿植物很快就消失不见了！就在那时土拨鼠老先生想到了一个主意。能吃的时候他尽可能地多吃，上床之后尽可能地多睡。

“他每天都忙着喂饱自己，他的邻居们都叫他贪吃先生。但是他不在意。他还是继续吃，他变得越来越胖，最后他胖得都快走不动了。天气变得越来越冷，而土拨鼠老先生注意到，因为他很胖，都感觉自己不像之前那么冷了。最后有天早晨，土拨鼠老先生伸出鼻子，发现冰霜杰克正等着要让他受苦，而且所有的嫩绿植物都变黑枯萎了。土拨鼠老先生爬到床上，蜷缩起身体来睡觉，这是一个尽可能长的睡眠。他决定除非万不得已，他不会再担忧什么。他已经尽力了，也只能做那么多了。

“当大自然母亲过来看看小动物们过得怎么样时，她没看到土拨鼠老先生，就问他的邻居他怎么了，但没人知道。最后她来到他的家，往里看发现他正熟睡。她立刻就知道了他的所作所为，还有他变得有多胖。不用问她也知道这是什么意思，这个想法让她觉得很好笑。虽然刚开始她想叫醒他，却没那么做，她摸摸土拨鼠老先生，使他陷入更深的睡眠，说：‘土拨鼠老先生，你需要睡觉，睡过冰雪的季节，因为你的勇气和决心，你不会再有不适。’

“所以，土拨鼠老先生一直睡到了嫩绿的植物再次长出的时节。寒冷侵袭不到他，他储存在皮下的脂肪使他不致挨饿。当他在春天苏醒的时候，他邻居们所说的艰难时刻的所有事情，他都不知道。从那以后，土拨鼠家族都要冬眠，因为那是最舒服、最明智的做法。我知道，因为我这么做也好多年了。再见，兔子彼得！直到明年春天才会有故事听哦。”

彼得还没来得及说一句话，微笑池塘里就溅起了大水花，青蛙老爷爷不见了。

“我——我不明白他们是怎么做的。”彼得说。当他慢悠悠地朝蔷薇丛跳去的时候，疑惑地摇了摇头。

第十二章　水獭老先生是怎么学会滑滑梯的

小水獭乔正享受着最愉快的时光。小水獭乔是一个快乐的小家伙，至少眼下他特别高兴。因为他有了一个崭新的滑梯。是啊，小水獭乔刚刚沿着微笑池塘最陡峭的岸边建了一个新滑梯。比他的旧滑梯还要长、还要光滑，对小水獭乔来说好像一天到晚滑滑梯都滑不够。他当然很喜欢滑滑梯，因为那是他自己建的。他能在滑梯顶部完全伸展四肢，脚一蹬就开始滑动。他从滑梯快速滑下，头先扎进微笑池塘，溅起巨大的水花，然后爬上岸再来一次。

兔子彼得和土拨鼠约翰尼正坐在微笑池塘另一边的岸上看着小水獭乔。他们的正下方，青蛙老爷爷正坐在睡莲大绿叶上呢，当他看到小水獭乔的时候，他圆鼓鼓

的大眼睛里闪着光彩，大嘴巴咧出一个大大的笑容。他甚至让一个笨绿头苍蝇在他鼻尖擦过，都没捉。

“咳咳，”青蛙老爷爷自言自语说道，“这让我想起了我年轻时的日子，还有微笑池塘最伟大的潜水者。我的天哪，当我看到小水獭乔从滑梯上滑下来的时候，我感觉自己都年轻了。要不是我太老了，我会试一下的。”

说着，青蛙老爷爷突然跳起来。那是一个漂亮的跳跃，跳得又高又远，他长长的后腿伸得直直的，那么敏捷地消失在微笑池塘中，几乎没溅起水花，只是水面上有一大圈波纹，波纹越来越大，直到和小水獭乔制造的波纹相遇，所有波纹就混合到了一起。

半分钟后，青蛙老爷爷的头探出水面，他这才看见了土拨鼠约翰尼和兔子彼得。

“来啊，水里很好玩。”他叫道，抬起圆鼓鼓的大眼睛对着欢乐的又圆又亮的太阳公公转了转，用最好笑的样子眨了眨眼，他知道，太阳公公明白的，土拨鼠约翰尼和兔子彼得有多不喜欢水。

“不了，谢谢。”彼得回答，但当他看着小水獭乔滑进微笑池塘时，大眼睛里满是渴望。小水獭乔愉快极了。彼得真的很希望自己也喜欢水。

青蛙老爷爷从水里爬出来，坐到他的睡莲大绿叶上。他调整了一个舒服的姿势，就这样面对着土拨鼠约翰尼和彼得，同时用圆鼓鼓的大眼睛的余光看着小水獭乔。

“咳咳！”他说着，这时小水獭乔又一次滑进微笑池塘。“你们曾经听说过小水獭乔家族的秘密吗？”他用粗哑深沉的声音问道。

“不知道，”兔子彼得叫道，“告诉我们！我就喜欢秘密。”彼得的声音里带有殷切的渴望，青蛙老爷爷听到后笑了。

“这就是你从来都不能保守秘密的原因吗？”他问。

彼得看起来有点傻，但他仍然安静耐心地等待着。好像过了很长一段时间，青蛙老爷爷清了两三次嗓子，接下来就是他给土拨鼠约翰尼和兔子彼得讲的故事了。

“很久很久以前，小水獭乔的祖先遇到了很多麻烦。是的，他确实遇到了很多麻烦。你们知道的，当冬天来临，所有东西都被雪覆盖了，食物很难找。格林森林里和格林牧场上的大多数小动物只能找到很少的食物，而且很费力才找到那么一点儿。只有那些像松鼠老先生一样会在食物充足时储存食物的明智的人，或两三个像水貂老先生和水獭老先生那样，能在没冻住的泉洞里捕鱼的人，才能填饱肚子。

“肚子空空如也，脾气多半会不好。饿肚子和好脾气很难兼得。所以，当格林森林里的大多数小动物们一直挨饿时，他们的脾气也就一直不好。水獭老先生知道这种情况。当他们中的一些人在他捕鱼的泉洞附近徘徊时，他会揶揄他们，让他们看看自己有多胖。有时他会捕到一条大鱼，当着他们的面就吃了，一口也不请他们分享。他在山猫先生面前这样做过好几次，尽管山猫先生乞求分一小口，水獭老先生仍然拒绝了这个微小的请求，他甚至嘲笑山猫先生不够聪明，找不到足够的食物。

“一个天气晴朗的早晨，水獭老先生心血来潮，到格林森林里散步。那真是个美好的早晨，水獭老先生比他预想的要走得远。他正犹豫是要走回去，还是再走远一点儿，这时他听到背后有鬼鬼祟祟的脚步声。他转过头向后看，所见的情形促使他迅速作出决定。山猫先生正在冰冻的雪上爬行，山猫先生的身体很瘦，眼睛里闪着饥饿的凶光，他的爪子又长又壮，看起来很残忍。水獭老先生立刻下定决心躲到泉洞里又冷又黑的水中，那是唯一的藏身之地了。他立刻跑过去，甚至都没和山猫先生寒暄几句。

“水獭老先生的腿非常短，就像小水獭乔那样，可令人惊讶的是，那个阳光明媚的早晨他在雪地里跑得是如此快速。当他来到小山顶的时候，他是滑下去的，因为他发现这样速度会更快。虽然他尽了全力，可山猫先生跑得更快，他大步跳着，咆哮着，每跳一下都发出呼噜声。当水獭老先生到达泉洞上面高高的岸边时，他已经上气不接下气了。那里确实非常非常陡峭。水獭老先生匆匆回头看了一眼。山猫先生离得很近，再跳一下就能抓住他了。没有时间跑到岸较低的地方了。水獭老先生就在高岸处后腿狠狠地反踢了一下，展开身子扑了下去。他闭着眼睛，从高坡上很快滑了下来，快得他都喘不上气了。伴随着巨大的水花，他落到了冰冷黑暗的水里。

这里很安全，因为山猫先生怕水。山猫迅速在陡岸的边缘停了下来，他在那里咆哮尖叫，告诉水獭老先生如果自己捉到他，会让他万劫不复。

“尽管水獭老先生害怕极了，但他却享受从陡岸滑下来的感觉。等山猫先生溜进格林森林后，水獭老先生也休息够了，呼吸顺畅了，他决心再试一次。于是，他从低岸爬上来，朝着陡峭的地方跑去，再一次滑进水里。非常好玩，这是水獭老先生玩得最快乐的游戏了。他反复滑了一次又一次。其实，那天剩下的时间他都在玩。他发现他滑得越多，滑梯就变得越光滑，因为从他棕色外套上滴下的水都在滑梯上结成冰了。

“之后，只要雪一直下，水獭老先生的时间要么是吃，要么是睡，要么就在滑滑梯。他学会了怎么蜷起腿就不会伤到自己。当温柔的南风妹妹带来了春天，带走所有的冰雪时，水獭老先生几乎不知道自己要怎么办，直到有一天他想到了一个好主意，因为这个聪明的想法，他自己都笑出了声。为什么不用泥土造一个滑梯呢？他立刻就试试看。虽没有雪造的滑梯好，但通过不断尝试，他找到一个比开初好的方法。之后水獭老先生非常开心，因为无论夏天还是冬天他都有滑梯了。他教子孙后代如何造滑梯。自从久远的那一天以后，造滑梯就成了水獭家族的秘密。”

“那也是世界上最好的秘密。”小水獭乔说着，他正好游到青蛙老爷爷后面。

“我希望——我希望我也能有个滑梯。”兔子彼得满怀期望地说。

“咳咳，”青蛙老爷爷说，“咳咳。珍惜现在你所拥有的，兔子彼得。珍惜现在你所拥有的。觊觎原本不应该属于你的东西，不会有好结果的。这是个坏习惯，会让人变得不满足。”

第十三章　啄木鸟德鲁默的红帽子是怎么来的

格林森林里，啄木鸟德鲁默正在长时间有节奏地敲击着一棵空心树。砰砰砰砰砰！砰砰砰砰砰！他觉得这是世界上最美妙的声音。每次长时间敲击之后他都会停下来听听回应。你知道的，有时候在格林森林另一处或老果园那边，他的家人听到击鼓声，也会赶紧去找棵空心树来敲击。他们会对应地敲击很久很久，直到所有的小动物们因为喧闹而责骂他们，希望这些森林鼓手们能放过他们的耳朵。但对啄木鸟德鲁默和他家族所有的成员来说，那是音乐，是真的音乐。像现在这样长时间有节奏地敲击着树木，他们觉得是最快乐的。

砰砰砰砰砰！砰砰砰砰砰！啄木鸟德鲁默突然听到空心树里面传来抓挠的声音。他又敲了一阵，抓挠声更大了。然后他就听到有声音在他头上方不远处响起。

“是有人在敲门吗？”那声音问道。

啄木鸟德鲁默抬起头。负鼠比利叔叔的小尖脸从自家门口伸出来，看起来昏昏欲睡，也很生气的样子，同时他也好像努力表现得礼貌可亲。

“您好，比利叔叔！这是您家吗？我开始击鼓的时候并不知道。我没敲门。我在击鼓。我只是喜欢击鼓罢了。”啄木鸟德鲁默说道。

“我认为你有权利制造出那些噪音，但我不喜欢待在鼓里。我刚才觉得头昏脑涨的，啄木鸟兄弟，如果你另找个鼓来敲击，我会感激不尽的。”比利叔叔说道，双手撑着头好像头疼得厉害。

啄木鸟德鲁默看起来很失望，有点委屈，他可是格林森林里性情最善良的小动物之一，总是乐于助人。

“很抱歉打扰到您，比利叔叔，”他立即答道，“如果您不喜欢的话，我当然不会再在这里击鼓了。尽管我觉得自己再也找不到一棵这么好的空心树了，我还会努力寻找的。我击鼓时，这棵树能发出最好的声音。美妙

极了！”他的声音里满是遗憾，好像放弃这棵树是最艰难的事情。

“我告诉你哪里还有一样好的树，”比利叔叔答道，“看到下面山谷里的栗子树树顶了吗？你去那里试试。我保证你会喜欢的。”

啄木鸟德鲁默礼貌地谢过比利叔叔，他点了点自己的戴红帽的头，展开翅膀朝大栗子树的方向飞去。比利叔叔看着他笑了。这时，兔子彼得正好走过来，比利叔叔慢悠悠地收起笑容，对他眨了眨眼睛。

“有什么好笑的？”彼得问道。

“我刚让啄木鸟兄弟去大栗子树上击鼓了。”比利叔叔答道，又眨了眨眼睛。

“哎呀，那是浣熊博比的房子！”彼得叫道，然后他就领会了这个玩笑，不禁也笑了。

几分钟后，他们听到了啄木鸟德鲁默的击鼓声。然后又击了两次。第三次便中断了，栗子树那边立刻乱成一团。他们能听到啄木鸟德鲁默的声音，听起来很生气。

“我猜是浣熊兄弟被吵醒发脾气了，”比利叔叔轻声笑道，“发脾气可不是好习惯。嗯，确实不是个好习惯。我觉得我最好还是上床再小睡一会儿吧，彼得兄弟。”说完比利叔叔就笑着消失了。

他一走出视线，彼得就看到啄木鸟德鲁默正往那个方向飞去，看起来非常生气。他只对彼得点了点头，就径直飞到比利叔叔的树上，随后开始击鼓。他是怎么击鼓的啊！戴红帽的头颅飞快地来回动，彼得以前从未见过这样。砰砰砰砰砰！砰砰砰砰砰！啄木鸟德鲁默几乎都不用停下来呼吸。对彼得来说这声音太吵了，他提起脚后跟就直奔微笑池塘，一路上他都在笑。

“希望比利叔叔能睡个好觉，”他笑了，“啄木鸟德鲁默这次当然也报复了比利叔叔，我觉得他罪有应得。”

他到微笑池塘时还一直在笑。青蛙老爷爷看着他，自己也笑了。你知道的，笑是会传染的。“哈，哈，哈！呵，呵，呵！”彼得捧腹大笑。

“笑什么呢？”青蛙老爷爷用他那深沉的声音问道。

彼得喘了口气，他告诉青蛙老爷爷负鼠比利叔叔被捉弄的事情。“听！”彼得说完这个故事便让青蛙老爷爷听。他们两个都听到了“砰砰砰砰”的声音！在微笑池塘，啄木鸟德鲁默的击鼓声还是听得很清楚的，彼得和青蛙老爷爷听声音就知道那是从比利叔叔的房子传来的。

“咳咳！那提醒了我，”青蛙老爷爷说道，“你听说过啄木鸟德鲁默的红帽子是怎么来的吗？”

“没有，”彼得答道，“怎么来的？”彼得的声音里充满了渴望。

“好吧。”青蛙老爷爷说，调整了姿势，彼得知道这是要讲故事的架势，“啄木鸟德鲁默的红帽子是从家族里传递下来的，当然这也是有原因的。”

“当然。”彼得说得好像他很懂一样。

青蛙老爷爷转了转圆鼓鼓的大眼睛，怀疑地看着彼得，但彼得看起来很无辜、很急切，于是他便继续讲这个故事。

“当然，那发生在很久很久以前。”

“当然！”彼得说。

这次青蛙老爷爷没注意。“啄木鸟德鲁默千百年前的祖先只是一只普通的黑白鸟，身上一点儿明亮的颜色都没有。他的声音也不比现在的啄木鸟德鲁默甜美。他的邻居们都觉得他是个无足轻重的小家伙，也和他接触不多。所以啄木鸟先生独自一人生活。事实上，由于他孤独一人，他常常猛击自己发现的空心树，弄出噪音来让自己不再孤独，他就是这样学会击鼓的。你知道的，他的声音一点儿也不适合唱歌，于是，他养成了击鼓的习惯，以此来振奋自己的精神。

“啄木鸟先生的内心深处一直都羡慕那些拥有美丽外套的鸟儿。他常常希望自己身上能有些明亮的颜色，哪怕只有一个漂亮的领结也好。可是，他对此从未说过只言片语，除了大自然母亲也没人猜到，而啄木鸟先生也不知道大自然母亲是怎么知道的。每当他极其渴望的时候，他都会努力去捉格林森林中那些寄生在树木里的虫子，这些虫子别的鸟儿捉不到，因为他们没有啄木鸟先生那样结实的喙和长舌头。啄木鸟先生就是通过这种方式来忘记自己的渴望的。

“大自然母亲正在别处忙的时候，格林森林里出现了大量寄生在树木里的虫子，他们侵害树木，很快，许多树出现病态死掉了。其他小动物们似乎都没注意到，或者说他们注意到了但觉得和自己无关，那是大自然母亲理应留意的事。他们耸耸肩，继续玩耍享受时光。但啄木鸟先生很担心。他非常喜欢格林森林，他害怕如果再不采取措施，格林森林就会不复存在。他对不少邻居说过此事，但他们都嘲笑他。他越想就越担心。

“‘必须做点什么，’他自言自语道，‘是的，必须做点什么。如果大自然母亲无法迅速前来处理的话，那就完了。’他决定自己要竭尽全力。从早到晚，他不停地从树木中捉虫子。他会从树下方开始，一直向上，仔细全面检查直到确信一只虫子都不剩。而后才飞到另一棵树上。他不停地用自己的喙重击树木，直到脖子酸疼。他甚至连击鼓的时间都没有了。他的邻居们起先都嘲笑他，可他还是继续干活，每时每刻都在干活。

“最后，大自然母亲突然出现了。她巡视了一遍格林森林，敏锐的眼睛看到了啄木鸟先生做的一切。她一句话都没对他说，但她召集格林森林里所有的小动物来到她面前，当大家都聚集过来时，她派人去叫啄木鸟先生。她让他坐在一棵高高的栗子树的枯枝上，这样大家都能看到他。然后大自然母亲告诉大家啄木鸟先生所做的一切，他是如何拯救格林森林的，其他小动物欠他太多了。

“‘现在大家都记住，’她总结道，‘我任命啄木鸟先生为树木警察，而这是要给他和他的子孙世世代代佩戴的奖赏。’说完，她就让啄木鸟先生来到她面前，在他头上戴上了一顶美丽的红帽子，因为她知道，在啄木鸟先生内心深处非常期待他能穿戴得明亮一些。啄木鸟先生诚挚地谢过大自然母亲，而后悄悄离开独自一人去享受幸福的感觉。那一天余下的时光里，听到他在格林森林里的击鼓声，大家都笑了，因为大家都知道他不适合唱歌，击鼓是他表达欢乐的方式。

“所以，”青蛙老爷爷总结道，“你认识的啄木鸟德鲁默的红帽子就是那样来的。”

“精彩极了！”兔子彼得叫道，当听到格林森林里传来悠长而有节奏的“砰砰砰砰砰”的声音时，彼得和青蛙老爷爷都笑了。

第十四章　树蟾老先生是怎么学会爬树的

兔子彼得坐在那里思考最令他疑惑和好奇的事情，想得他那可爱的小脑袋瓜子里的脑筋都乱七八糟了，没有比粘趾树蟾能爬树这一事实更让人疑惑了。彼得经常看到他爬上一个树干，或者从一根树枝跳到另一根树枝上，然后想到蟾蜍老先生是粘趾树蟾的嫡系表亲，又想到青蛙老爷爷是他另一个嫡系表亲，却根本不会爬树啊。彼得就好奇他怎么会爬树呢，而且如同鸟儿在树上一样自在，而他的其他表亲却根本不会爬。

一天早晨，当他看到蟾蜍老先生一脸严肃地沿着寂寞小路蹦跳的时候，他心里正想那件事呢。彼得立刻决定去问蟾蜍老先生。“早上好，蟾蜍老先生，”彼得礼貌地说，“您有时间吗？”

蟾蜍老先生跳到一个毛蕊花大叶子下面。“我觉得应该有，如果是重要的事。”他说，“唷，很热，不是吗？我太受不了大太阳了。你到底有什么心事呢，彼得？”

彼得犹豫了一分钟，因为他一点儿也不确定蟾蜍老先生会认为这件事情对他来说很重要，足可以让他花时间来讲故事。但他还是说出了所有的事情以及他的疑惑，为什么粘趾树蟾能爬树，而蟾蜍家族里的其他人不能呢。蟾蜍老先生笑了。

“我明白了，你是像以前一样想听故事。”他说，“你应该去找青蛙老爷爷问，因为粘趾树蟾其实是青蛙而不是蟾蜍。但我们都是表亲，我也不介意告诉你关于他的事或者是他祖先的事，那是青蛙家族第一个爬上树的人。你知道的，都是一家人，我非常以我的家族为傲，那也是最古老的家族之一。”

彼得调整了一个舒服的姿势，准备聆听。蟾蜍老先生捉了只靠近他的笨蜘蛛，然后清了清嗓子。

“很久很久以前，”他开始说道，“当大自然母亲造出第一块陆地、第一批树和植物时，蟾蜍和青蛙最先离开水域，想去看看干燥的陆地是什么样子。蟾蜍比青蛙胆大，转遍了整个新陆地，青蛙却只待在能够到水的地方，就像青蛙老爷爷现在那样。然而，有一只青蛙，看到蟾蜍那么勇敢大胆地四处观赏新陆地的样子，他就下定决心也要去大千世界看看。而他是青蛙中体形最小的，所以他的亲朋好友们都警告他不要去，怕他会遭遇不测。

“但他没听他们悲观的警告，急忙跟在蟾蜍后面。他比他们跳得更远，很快赶上了他们，于是他们就一起去旅行了。蟾蜍们很高兴，他们的亲戚中终于有一个人足够勇敢，能加入他们，所以他们很欢迎他，把他当做他们中的一员，这样他们很快就认为他是蟾蜍，而根本不是青蛙了。

“蟾蜍很快就发现大自然母亲种的植物很难生长，因为它们被虫子吃掉的速度和它们生长的速度一样快。你知道的，在那段时间里，大自然母亲有很多事情要忙，她让大家都照顾好他们自己，让他们和睦相处，所以那些植物也是这样的。后来我的祖先想到了一个好主意，他召集所有的蟾蜍，建议大家帮助大自然母亲捉那些破坏植物的虫子。

“已经被蟾蜍们接受的小青蛙先生是最想帮忙的一个，他时时刻刻都忙碌着。不久，蟾蜍们捉完了地面上的和够得着的大部分虫子，植物又开始生长。当植物高得蟾蜍够不着时，虫子们就又安全了。它们开始繁殖，植物再次遭到破坏，停止生长。你知道的，那时候还没有鸟儿来帮忙。有一天，小青蛙先生坐在一株灌木下，灌木上的大部分叶子都被吃光了。他看到一只虫子正在吃一根低枝条上的叶子。离他的头顶有相当一段距离。这让他很担忧。而他的眼睛一直盯着那只虫子不停地想办法，想得头都疼了。最后，他想到了一个主意，‘我觉得，’他想，‘如果我尽全力跳的话，可能会捉住那个家伙。我要试试。试试总没什么坏处。’

“于是，他长腿紧缩，然后拼尽全力跳起来。还是够不到那只虫子，但他的手抓住了枝条，用力地拉住，他就成功地爬了上去。那是一个非常靠不住的位置，他紧紧抓住，慢慢向前爬行直到能伸出舌头捉住那只虫子。

而后他又看到了另一只。为了捉那只虫子，他失去了平衡，砰的一声摔到了地上。摔得他差点背过气去。

“那天晚上，小青蛙先生一直在研究，努力想他能到达灌木丛和树上的方法，好清除上面的虫子。‘如果我一到树上就能抓住的话，就会很安全了，’他想，‘那么我的表亲蟾蜍们就负责捉地面上的虫子，我来负责他们够不到的虫子。’

“第二天、第三天，从那以后的许多天里，小青蛙先生都一直跳到灌木上捉虫子。他摔了很多次跤，但他并不在意这些，因为慢慢地，他学会了怎样在灌木丛上紧紧抓住。有一天，他的一只手很偶然地触到一棵小松树的树干，当他想拿开的时候，他发现手被牢牢粘住了。他必须使劲往回拉才能腾出手。突然灵光一闪，他有了个好主意。既然树脂让他的手变得很粘，他就把两只手都涂上树脂，然后开始爬树。只要有树脂在，他就能爬树。

“小青蛙先生因为自己的发现高兴死了，但他没对任何人讲。每天他都把树脂涂在手上，然后爬上灌木和低矮的树木，清除上面的虫子。当然，树脂涂在手上的感觉并不是那么好，因为他碰巧触碰的很多东西和污垢都会粘在手上，但他能在不利的条件下尽力而为，当他完成一天的工作时，会仔细地清洗。

“谁也没预料到，大自然母亲回来查看树木和植物的生长情况。你知道的，她很担心它们。当她发现蟾蜍们的善行时，她非常高兴。然后她注意到有些灌木和低矮的树木上只剩下很少叶子，而另外一些看起来却很茂盛。

“‘很奇怪。’大自然母亲自言自语道，又过去检查了一簇灌木丛。她看到一个奇怪的小家伙正拼命地抓住一根枝条，忙碌得都没看到她。那是小青蛙先生。他正用自己最快的速度捉虫子呢。大自然母亲皱起了眉。‘他现在怎么学会爬树了呢？’她想。然后她藏到一处能看见小青蛙先生的地方。过了一会儿，她看到小青蛙先生从一棵灌木上跌了下来，你知道的，因为他手上的树脂都磨掉了。他急忙跑去松树那里，抹了更多的树脂，然后跳上灌木丛继续工作。

“当大自然母亲看到这个景象，你能猜到她有多么

惊讶。她也很开心。噢，是的，大自然母亲确实开心极了。因为小青蛙先生在非常努力地帮助她，而且小青蛙先生很聪明，能摸索出爬树的方法。小青蛙先生找到的能帮助他坚持工作的方法，把她逗笑了，待她笑够了，她轻轻地把他放下来，擦干净了他手上的树脂。然后温柔地捏了捏他的每根手指和脚趾的指尖，这样它们都变成了圆圆的小吸盘，而不再像之前那样尖，每个小吸盘都有干净黏稠的东西。而后大自然母亲把他抛到树上，当他触碰到树枝的时候，他发现自己能抓住了，一点也没有掉下去的危险。

"'我指派你为我的树木的守护者。'大自然母亲说。从那天起，小青蛙先生就住在树上，他的子孙后代都是如此，连今天的粘趾树蟾也是这样。尽管他真的是一只青蛙，却被叫做树蟾，蟾蜍们也总是很骄傲地这么称呼他。故事结束了。"蟾蜍老先生总结道。

第十五章　苍鹭老先生是怎么学会耐心的

每逢春夏之季，兔子彼得都会去微笑池塘或哈哈溪，他非常肯定自己能遇到长腿苍鹭。兔子彼得第一次见他，就觉得他一生中从未见过这么丑的家伙。长腿苍鹭在水中用脚站立着，头缩在肩膀上，这样显得他好像一点儿脖子都没有。兔子彼得坐着，非常不礼貌地盯着他看。他知道自己很不礼貌，但他还是禁不住盯着他看。

“他的腿又细又长，”兔子彼得想，“很久很久以前，大自然母亲创造他祖先时一定很匆忙，都忘了给他造脖子。我想知道他为什么不动呢。”

长腿苍鹭一动不动。兔子彼得就一直盯着他看，直到自己的耐性消失殆尽。他放弃了，走过去看看能否发现其他什么东西。但过了一会儿，兔子彼得又回到刚才他看长腿苍鹭的地方。他没想到在这里还能再看到长腿苍鹭，可他确实看到了。在兔子彼得看来，长腿苍鹭还是没动。“他一定是睡着了。”兔子彼得想，他看了几分钟之后，又走了。半个小时之后，兔子彼得又回来了，长腿苍鹭还是像刚才那样站着。“现在我确定他是睡着了。”兔子彼得咕囔道。

他刚说出这些话，就有事情发生了，只是事情来得太突然、又很意外，惊得兔子彼得失去了平衡，差点向后倒去。兔子彼得看见长腿苍鹭的长喙在弓起的肩膀之间猛地伸了出来，然后像一道闪光般快速伸进水里。喙后面是兔子彼得见过的最长的脖子。它是那么长，彼得眨了眨眼睛来确定自己的眼睛没有欺骗自己。确实没有欺骗，因为长腿苍鹭吞下了一条他捉到的小鱼，鱼下肚了之后，他的脖子向上伸得直直的，看看这儿看看那儿，这时兔子彼得只是喘着粗气。

“我以为他腿长，但其实是他的脖子长啊。”兔子彼得咕哝道。

然后，长腿苍鹭慢慢缩下头，在兔子彼得看来，长

腿苍鹭好像必须得把自己的长脖子弯进身体里面，这样才不碍事。长腿苍鹭立刻又恢复成刚才站立的样子，看起来好像一点儿脖子都没有。兔子彼得看累了才停下，但长腿苍鹭又不动了。此后兔子彼得一有机会就去看长腿苍鹭，但他没有耐心长时间等着看长腿苍鹭捉另一条鱼。有一天，他对青蛙老爷爷说了这件事。一提到长腿苍鹭，青蛙老爷爷就坐起来，一副很在意的样子。

“你在哪里看到他的？”青蛙老爷爷问道，兔子彼得觉得他的声音听起来有些急切。

“就在哈哈溪下面啊，”兔子彼得回答道，“干嘛？”

“噢，没事，”青蛙老爷爷说，试图让自己的声音听起来漠不关心，“我只是想知道那个长腿麻烦精会在什么地方。”

“他是我见过的最懒惰的家伙，”兔子彼得说道，“他每天只是站着什么也不做。”

“哈！”青蛙老爷爷说道，“如果你的家族也和我一样，在他身上吃过那么多苦头，你就会说他总是很忙。问问鲑鱼或是鲦鱼家族是怎么想的吧。”

“噢，”兔子彼得说，“您的意思是他安静站着的时候，就是在捕鱼。”

青蛙老爷爷点点头。

“好吧，”彼得说，“我只能说，他是我见过的最有耐心的家伙。我都不知道谁能有这么大的耐心。”

“他这么做是对的，”青蛙老爷爷回答道，“他是从他祖先那儿学来的，他的祖先生活在很久很久以前万物起源的时代。那时候他就学会了。”

“怎么学会的？”彼得问道，急着想听故事。

青蛙老爷爷的眼睛里露出深远的目光，好像在看遥远的过去。“咳咳！”他开始说，“苍鹭老先生总以为在所有鸟儿中，大自然母亲是最后创造他的，而且匆忙得都不在意他的样子。他的腿和脖子太长了，他所有的邻居都嘲笑他，拿他开玩笑。他的笨拙不亚于他的难看。他的长腿会碍事。他不知道拿他的长脖子怎么办。他试着跑的时候，每个人都尖叫大笑。他试着飞的时候，伸出自己的长脖子，结果不能保持平衡，只是扑腾乱蹦，他的邻居笑得比之前更厉害了。可怜的苍鹭老先生自己也觉得很羞愧，真的很羞愧。他完全忽略了一个事实，那就是大自然母亲给了他一件非常漂亮的羽毛外套。那些嘲笑他的人里，有的愿意倾尽所有来换取那件漂亮的外套。但苍鹭老先生不知道。他不能忍受被人嘲笑，在这方面他和大多数人是很像的。

“所以，他尽可能地远离人们的视线。那时候就像现在一样，微笑池塘旁边的灯芯草长得很高，苍鹭老先生在那里找到了一个隐秘的地方。因为他的腿长，他能踏进水里，避开那些生活在陆地上的人的目光。他发现了自己长腿的用处，很高兴自己拥有长长的腿。起先他常常在岸上觅食。有一天，当他涉水上岸的时候，惊奇地看到一群小鱼，并成功捉到一条。小鱼尝起来味道好极了，他还想要更多，所以此后他每天都会去捕鱼。每当看到小鱼在水浅的地方游动的时候，他都会冲过去尽力捉一条。有时他会成功，但大多时候他都捉不到。你知道的，他笨拙无比，会溅起大水花，鱼儿能听到他过来，就都跑开了。

“有一天，他努力尝试多次却没捉到一条鱼，他停下来在灯芯草旁边休息。他的长脖子很疼，为了放松脖子，他把脖子缩在肩膀上。他在那里站了很长时间来休息。脚边的水凉爽、舒服。他感觉非常舒适，除了一件事——他很饿。就在他决定继续觅食的时候，他看到一群小鱼径直朝他游来。‘也许，’他想，‘如果我保持静止不动，他们就会靠得很近，这样我就能捉到一条。’于是，他保持静止不动，连长脖子都不敢伸。果然，小鱼几乎都游到他脚边了。他们完全没看到他。等他们靠得足够近，他猛地向前伸出长脖子，轻而易举地就捉了一条鱼。苍鹭老先生很惊讶自己能捉到鱼。你知道的，他发现比起直直地扬着脖子，把脖子缩到肩膀上让他能更迅速地向前伸出脖子。对苍鹭老先生来说，这真是个伟大的发现。

“当然，其他的鱼儿都因为巨大的恐惧而四处乱窜，但苍鹭老先生不介意。他心满意足地安定下来，因为他不是那么饿了。不久，有些笨蝌蚪蠕动着过来了。‘我要练习着捉一只。或许他们尝起来也不错。’苍鹭老先生想着，又像刚才那样猛地把头和长喙伸进水里，捉了一只蝌蚪。

“‘嗯，他们味道很好！’苍鹭老先生说道，再一次安定下来观察、等待着。

“苍鹭老先生发现蝌蚪的味道也不错，那对青蛙家族来说，是悲哀的一天，而对苍鹭老先生来讲却是美妙的一天。”青蛙老爷爷悲哀地叹了口气。“是的，”他继续说道，“对苍鹭老先生来说确实是美妙的一天。他已经发现自己耐心地等待比狂乱地捕食更有收获，他发现自己的长脖子确实是个恩赐。从那以后，只要他饿了，他都会静静地站在某个小池塘旁边，因为那里有很多小笨鱼和粗心的蝌蚪在玩耍，他会耐心地等着他们游过来。

“有一天，他听到在他后面有狐狸先生鬼鬼祟祟的脚步声，吓得想飞走。那时候他的头正缩在肩膀上，他激动得忘了伸直。试想一下，当他以优美的姿态飞行着离开，长长的腿拖在后面的时候，他有多么惊讶，狐狸先生又有多吃惊。虽然脖子那样缩着，但他能和别人飞得一样好。从那天起，没人再因为苍鹭老先生的长腿和长脖子而嘲笑他。苍鹭老先生也对自己的长腿和长脖子引以为傲。你知道的，他已经学会了如何利用自己所拥有的，他也懂得了耐心的重要意义。所以他很开心，不再嫉妒任何人。可他还是喜欢独来独往，变成了通常所称的孤独的渔夫，就像今天的长腿苍鹭一样。咳咳！现在往这边走来的不正是长腿苍鹭吗？这里没我的容身之地了！”

伴着溅起的大水花，青蛙老爷爷跳进了微笑池塘。

第十六章　山猫塔夫蒂是怎么断尾的

兔子彼得的一生中只见过山猫塔夫蒂一次，可那一次就足够了。你知道的，塔夫蒂住在大森林里。有一次，冬天很冷，他就冒险去格林森林，希望那里更容易生存一些。彼得也就是那时候见到他的。其实，彼得真是九死一生，那段记忆让他想想都觉得后怕。他永远也忘不了那个灰色的鬼鬼祟祟的巨大身影，像一个影子一样穿过树木，凶猛的脸上长满胡须，浅黄绿色的眼睛目光凶残，还有那摆动的残尾。

那尾巴吸引住了彼得。那只是个聊以充数的尾巴。因为塔夫蒂的体形不小，尾巴却和彼得的差不多。这使彼得心里好受多了，却也很好奇。一有机会，他就问他的表亲野兔跳跳。你知道的，野兔跳跳过去住在塔夫蒂居住的大森林里，彼得很肯定他知道塔夫蒂为什么有个那么滑稽的短尾巴。野兔跳跳确实知道，下面就是他给彼得讲的故事。

“追溯到万物起源之初，那是山猫老先生生活的时代。”

“我知道，”彼得打断道，“他是塔夫蒂的祖先，他那时并不老。”

“是谁在讲这个故事？”野兔跳跳生气地问道，“如果你知道，为什么还问我？”

“对不起，我错了，我不会再多嘴了。”彼得急忙回答道。

“好吧。一定不要再打断喽。多嘴总是破坏故事。”野兔跳跳说，“你说的关于山猫老先生的事很对。他那时并不老。那时候的人都很年轻，因为那时是万物起源之初。那时候山猫先生以自己的长尾巴为傲，和他的表亲黑豹先生的尾巴一样棒。他非常骄傲。可俗话说，骄者必败。山猫先生就是这样。他吹嘘自己的尾巴，说那是世界上最好的尾巴。他说得太多了，以至于他的邻居们都听烦了，还让他使自己成了个十足的讨厌鬼。他不停地摇晃挥舞自己的长尾巴，好像他的尾巴就没安静过。他嘲笑那些尾巴短的、形状不同的或尾巴不好看的动物，完全忘记了自己的长尾巴是大自然母亲的恩赐，只是又说又表演的，好像尾巴是自己长在他身上的一样。

“最后，他的邻居们再也受不了了，决定给他一个教训。有一天，当他外出捕猎的时候，他们开了个会，决定下次山猫先生再吹嘘自己的尾巴时，老棕熊要溜到他身后，踩在他的尾巴上，踩得尽量靠近他的身体部位，然后其他人都从他尾巴上拔一撮毛，这样很长时间内山猫先生就不能再吹嘘自己的尾巴有多美丽了。

“当天晚上，机会就来了。山猫先生一天都一帆风顺，自我感觉良好。他开始吹嘘自己是个伟大的捕猎者，自己多聪明，然后和往常一样，他开始吹嘘自己的尾巴。他只顾着吹嘘，没注意到老棕熊正悄悄来到他身后。老棕熊等到他的长尾巴安静下来的那一刻，尽量往尾巴根部踩去。然后所有的小动物都欢快地喊叫，开始从他的尾巴上面拔一小撮毛，直到他的尾巴变得难看至极。

“山猫先生发出怒吼和尖叫，那声音足以让人不寒而栗。虽然他尽全力用自己的大爪子撕扯着地面，但他什么也做不了。你知道的，老棕熊很笨重，山猫先生一点儿也不能摇动自己的尾巴，也不能转过身和老棕熊决斗，尽管他好像要豁出命把自己反转倒腾出来。

“最后，当老棕熊觉得惩罚够了的时候，他向其他人发出号令，他们就赶快疏散到安全的地方藏起来，因为他们都不想待在山猫先生的大爪子能触及的范围内。随后，老棕熊也就放开了山猫先生。

“‘看那尾巴，我觉得很长一段时间内你不会再吹嘘自己的尾巴了。’老棕熊用低沉粗重的声音说道。

“山猫先生转过身，朝着老棕熊尖叫，但他只敢做这么多了，你知道的，因为老棕熊体形巨大，又非常强壮。于是山猫先生转身，独自在阴影中溜走了。那时候山猫先生脾气很坏，当他看到自己漂亮的尾巴变得那么破烂不堪时，他勃然大怒，他发誓没人能嘲笑他的尾巴。你猜他做了什么。”

“什么？”彼得急切地问。

“他咬断了自己的尾巴，”野兔跳跳慢悠悠地说，“是的，就在老棕熊踩踏的位置，他咬断了自己的尾巴。当然，咬断的那一刻，他心中懊悔，但已无可挽回，这就是当时所发生的一切。从那以后，他就远离了所有邻居的视线。他大部分时间都是在夜间鬼鬼祟祟地潜行，隐没在阴影中。因为对自己失去的长尾巴念念不忘，他的脾气变得越来越糟。当人们偶然遇见他时，他会摇动他的残尾，就像过去摇他的长尾巴一样。你知道，他会忘记的。后来，当体形比他大的动物嘲笑他时，他会生气地怒吼，像一个巨大的灰色影子般溜走。

“他再次恳求大自然母亲赋予他一条新的尾巴，但没有用。大自然母亲给他上了终生难忘的一课。她告诉他，失去自己美丽的尾巴不是别人的错，只能怪自己，除了一条残尾他不会得到任何东西。山猫先生趴在大自然母亲的脚下，眼睛里含着泪水恳求着。大自然母亲直直地盯着他的眼睛，他不敢正视。他尝试了几次，但他做不到。他的眼神一直来回躲闪着。

“‘看着我的脸，山猫先生，告诉我，如果我再给你一条漂亮的新尾巴，你能保证永不吹嘘或不会因此骄傲自负吗？’她说。

“山猫先生看着她的脸说，‘我——’然后他的眼神又开始躲闪了。他赶紧把目光拽回来抽搐地看着大自然母亲的脸又开始说，‘我保证——’而后他的眼神又躲闪了。最后他终于放弃了，偷偷溜进他能找到的最黑暗的地方。你知道的，他不能正视大自然母亲的脸说谎，就像他刚才努力尝试的那样。他想要一条新尾巴的唯一原因就是要重拾自己的骄傲，就像之前那样吹嘘它。而那尾巴其实没有任何真正的用处，他只剩残尾时就已经觉察到了这个事实。

“大自然母亲一清二楚，因为你愚弄不了她，连试都不用试。所以山猫先生再也没能得到一条新尾巴。他继续独自住在格林森林里最黑暗的地方，如果可以的话，从不出现在别人面前。对小动物们来说，他是一个时刻需要警惕的可怕的影子。他的子孙后代都和他一样。塔夫蒂就是这样。没人喜欢他。比他小的动物都害怕他。即使他知道自己为什么有条残尾，他也绝口不提。但你能注意到，他会像摇一条真正的尾巴那样摇晃自己的残尾。我觉得他喜欢把它想象成一条真正的尾巴。”

“我注意到了。”彼得回答。他沉默了几分钟，又补充道，“我们经常奢望得到我们根本不需要的东西，而那些东西又让我们变成世界上最麻烦的人，难道不奇怪吗？”

敬请期待

格林牧场与格林森林历险记故事系列（全 20 册）

狐狸雷迪历险记
兔子彼得历险记
飞腿鹿历险记
田鼠丹尼历险记
红松鼠查特尔历险记
大熊巴斯特历险记
莫克先生历险记
河狸帕迪历险记
浣熊博比历险记
山齿鹑怀特历险记
土拨鼠约翰尼历险记
负鼠比利叔叔历险记
麝鼠杰里历险记
青蛙老爷爷历险记
松鸦塞米历险记
蟾蜍老先生历险记
小刺猬历险记
母鸭夸克历险记
臭鼬吉米历险记
秃鹫老米斯塔赫历险记

微笑池塘故事系列（全 4 册）

水貂比利
麝鼠杰里在家
小水獭乔历险记
长腿苍鹭历险记

格林森林故事系列（全4册）

鹿莱特富特　　乌鸦布雷奇

森林鼠怀特富特　　大熊巴斯特的双胞胎

格林牧场故事系列（全5册）

快乐的松鼠杰克　　兔子彼得夫人

猎犬鲍泽　　狐狸奶奶

亲爱的蔷薇丛

许愿石故事系列（全3册）

汤米和许愿石　　汤米实现愿望

汤米变心记

童子军故事系列（全4册）

丛林营地的童子军　　斯威夫特河上的童子军

迷失小路上的童子军　　捕兽营地的童子军

睡前童话故事系列（全5册）

圣诞驯鹿　　儿童海岸

最美最美的动物童话　　最美最美的鸟儿童话

会讲故事的房子